沿着河流向前走

张海兵◎著

细看每一个人的生平简介，便会想到先烈们浴血奋战的情景，感受到现在的安居乐业和幸福生活来之不易。我们要时刻铭记历史，缅怀英雄先烈，不忘初心，尽心尽职做好本职工作。

SPM
南方传媒 | 广东人民出版社

·广州·

图书在版编目（CIP）数据

沿着河流向前走／张海兵著 . —广州：广东人民出版社，
2024.9

ISBN 978-7-218-17482-2

Ⅰ.①沿…　Ⅱ.①张…　Ⅲ.①散文集—中国—当代
Ⅳ.① I267

中国国家版本馆 CIP 数据核字（2024）第 068704 号

YANZHE HELIU XIANGQIAN ZOU

沿着河流向前走

张海兵　著

出　版　人： 肖风华

责任编辑： 马妮璐
责任技编： 吴彦斌
装帧设计： 成都现当代文化传播有限公司

出版发行： 广东人民出版社
地　　址： 广州市越秀区大沙头四马路 10 号（邮政编码：510199）
电　　话：（020）85716809（总编室）
传　　真：（020）83289585
网　　址： http：//www.gdpph.com
印　　刷： 三河市中晟雅豪印务有限公司
开　　本： 880mm×1230mm　1/32
印　　张： 10　**字　　数：** 240 千
版　　次： 2024 年 9 月第 1 版
印　　次： 2024 年 9 月第 1 次印刷
定　　价： 68.00 元

如发现印装质量问题，影响阅读，请与出版社（020-85716849）联系调换。
售书热线：（020）87716172

一串流动在生命之河里的欢快的波（序）

刘际雄

手中捧着一卷书稿。翻看那一篇篇简短的文字，眼前涌现的是一串串流动在作者生命之河里的欢快的波！

这是一条不屈不挠的生命。1989 年海兵从学校步入社会后，顶着来自邻里和生活的双重压力，边帮着父亲侍弄庄稼、外出打工维持生计，边坚持参加自学考试。七年，整整七年，他通过勤奋自学获得了湘潭大学法律专业本科文凭。

这是一条酷爱写作不知停歇的生命。在学校念书时，他便开始向报刊投稿。落榜后的七年里，无论躬耕田间，还是挥汗工地，他都不曾停住手中的笔。进城参加工作这几十年，他更一发不可收，以新闻发现新人新事，写散文记述生活感悟。他的心是一部触须四张的感应器，日夜流淌的生活里，每一层波，每一朵浪，都会跳进他心头，化作文字自笔底流出。行年五十，他已结集两卷，送到我手里的，是他要出版的第三部著作了！

海兵的文字朴真而晓畅。他不假辞藻，不事雕饰，就那样本了性情，实实地写来。读他的文字，明快轻松，不时有愉悦烂漫于心头。他之所写，俱是寻常。寻常之人，寻常之事。而从每一寻常里，他都能提炼真意，窥见美好。他有一颗勃勃跳荡的童心，那颗心，满怀真诚，满怀对真善美的向往，故而他的作品好似一篇篇童话。他有一腔热爱生活的真情，他爱所有缘聚身边的人，也爱一切身领手经的事。胸中情涌，笔底浪花。故而从他的字里行间，你会不可抗拒地受到感染，并与之共燃。

《沿着河流向前走》，这书名来得贴切，题出了海兵怀诗而向远方的心劲与襟抱。汨汨汨罗，浩浩洞庭。生于斯长于斯活跃于斯的海兵，想必是受了灵均大夫深重爱国情怀与千古不朽诗作的濡染。他心中一定刻印着屈子长歌当哭的泽畔行吟图。"路漫漫其修远兮，吾将上下而求索。"海兵脚下的文字之路还很长。他说他将抱笃守静，一力"沿着河流向前走"，我想他是一定能做到的。雨果说："让自己的内心藏着一条巨龙，既是一种苦刑，也是一种乐趣。"海兵念兹在兹，躬耕不辍，甘受刑役之苦，那苦于他心中，该是化作点点滴滴、潺潺不绝的快乐了。作为同好，我是当为之击鼓传花，且共享那斯道中人方能悟得的欣然之乐！

2023 年 5 月 28 日于长沙

（作者系湖南教育报刊社原总编辑、中国教育报湖南记者站原站长，编审，国内资深教育新闻人。）

目　录

CONTENTS

──────── · 第一辑　人间画像 · ────────

———— · 第二辑　步履留芳 · ————

第一辑

人间画像

父亲唯一的默许

父亲今年已 78 岁高龄，家里田土流转后，平时种种菜，散散步，看看书报，安享晚年。

老人家一生经历过很多磨难，生活也过得比较艰难，养成了勤俭节约的习惯。现在条件稍有好转，可依然舍不得吃，舍不得穿。母亲有时到县城来，顺带给父亲添置一些衣服、鞋帽，他总得唠叨几句："家里不是没有衣服，又买新的浪费钱。"

妹妹在外地，经常会从网上购买一些食品、时令蔬菜、水果寄来。父亲也不乐意："自己赚点儿钱不容易，家里什么都有，以后不要麻烦了，收了你们的东西我也不舒服。"

我们家离镇上医院较远，加之没有交通工具，十分不方便。母亲偶尔会让我捎带些药品。父亲知道后必定会责怪母亲几句，说给我们添了麻烦。

有次回家前，我询问母亲需要带什么物品。母亲怕父亲责怪，说："家里都有，不需要带什么。"晚上才知道，房间里的灯泡不亮了。我顿时火冒三丈："问了你们是否要带东西，电灯不亮了又不说，我要知道就把灯泡带回来了。"

父亲连忙解释："农村睡得早，用手电筒一样方便。"早上起来一查线路，灯泡没坏，是开关接线柱里电线老化，自动脱落了，我又冤枉了父亲。

我回老家的时候，习惯帮他们把高龄补贴取出来。但每次都要打印一张取款凭据，父亲查验后才放心，不是我单给他们的钱。我知道父亲的想法，他是怕我过得紧张，过得不好。每次回家，空手而去，带蔬菜、食油而归，父亲心里才舒畅。每逢过节，父亲会给我现金，让我帮忙用手机给外孙发红包。做这些事时，父亲总是满脸笑容，乐呵呵的。

父亲就这样，一生都没要求过我们为他们做点儿什么，对我们也没有很高的期望，简简单单、平平安安、和和睦睦就是他最开心的事。

前段时间，与父亲聊到法律。家里有我自学法律专业与报考司法考试时的诸多书籍，父亲每一本都阅读了。在交流中，发现父亲对《中华人民共和国民法典》感兴趣。我说："我买一本给您看。""有就看一下，没有也没事。"父亲回答着我。这是我记事以来，父亲唯一的一次默许，而且只是一本书。

（原载 2021 年 5 月 26 日《科教新报》）

陪母亲散步

母亲在我这里小住几天了,每天在家做饭,清扫卫生。老人家难得来一次,我决定下班后陪她散步、逛街、看看县城风景。

下班回家,母亲正在炒菜。有土鸡、虾子和一个青菜,原料都是老人家从乡下带来的。

吃完晚饭,母亲收拾完毕,我便邀她出门逛街。75岁的母亲依然步伐稳健,偶尔背着双手,颇有几分城里老干部的模样。

"这栋楼只怕有十几层吧?"母亲指着正在开发的楼盘问道。我回答应该有23层。

"变化好快,这里以后肯定很热闹。"老人家边走边"点评"县城建设。

我见大堤上车辆较多,连忙挽起母亲的手臂。

"不用,我自己会注意。"母亲松开了我的手,"今天舅舅说姊妹中我最幸福了。"她不忘提起舅舅打的电话。

"您以前吃过那么多苦,晚年是应该享福了。如果我的能力稍微强一点儿,您的晚年会更幸福。"我说出了我内心的想法。

"这样很好了,不要想多了,我们过得很舒心。"母亲边走边说。

母亲是个勤劳的人,农村没有什么经济来源,母亲靠喂几头猪和农闲时做布鞋、棉鞋补贴家用。她自己没有读过多少书,可她希望晚辈们多读书改变命运。我在农村参加自学考试的时候,因为母亲的支持，得以改变命运。三个孙儿都读了大学，是母亲引以为豪的事。

母亲心灵手巧，学东西挺快。长孙给她买了一部智能手机，她开始不肯用，孙儿手把手教了两次，加上她自己练习一次，便能打电话、发信息、进行语音视频聊天了，现在没事还刷刷抖音。看着慈祥的母亲晚年也能如此安逸，一种幸福感油然而生。

我这个年纪，还能享受着母亲的关爱，还能陪母亲一起聊聊、逛逛，是多么幸运。

进入超市选购物品，母亲不时看看价格，比较一下商品。有打折的商品会驻足看一下，认为划算就会多买一点儿。

我选购了一些汤圆、水饺、馄饨等，让母亲作为早餐的调剂，母亲说家里有面条，又把我选好的商品放回去了。

我知道老人家喜欢吃馄饨，便拿了一大包。母亲看到后说："不要大包的，要买就拿小包装的。"于是顺着老人家的心意换了一小包装的。

老人家坚果咬不动了，我便提了一串大的香蕉，母亲又走过来换了一串小的。

"你买点儿瓜子，吸烟对身体不好。"我听从老人家的建议，买了一点儿西瓜子，母亲一看装得不多，又帮我加了一小勺。

从超市出来行走了一段路程后，我问母亲要不要休息一下。她说："这点儿路程算不得什么，我每天晚饭后都要散步。"正是因为习惯了锻炼，老人家才有如此健康的身体，让我们少操很多心。

"父母健在真的幸福。"我对母亲说道。

"幸福么子，父母在是一种负担，老要你们操心记挂。如果不在了，你们可以一心一意搞自己的事。"母亲回复我。

"那完全不同，父母在还有一个完整的家，还有去处，兄弟姊妹还有根据地。如果父母不在，聚在一起的机会就很少了，亲情也会淡一些，我希望您长命百岁。"我对母亲说出了自己的感受。

"现在的日子真好过，是在享福。子女个个孝顺，孙伢子都争气，冇想到晚年还能过上这样的好生活……"看着母亲舒心的样子，我无比幸福。

（原载 2023 年 3 月 27 日《岳阳晚报》）

舅舅的心思

10月8日上午，母亲给我打来电话："舅舅在宁乡来的路上，如果有时间就回来陪他们吃饭。"

"事先没有与您联系，怎么突然来了？"我问母亲。其实舅舅的到来也在意料中，他是言出必行的人。

舅舅年初就对我说过："你父亲八十大寿的时候我一定要去一趟。"可父亲生日所处的7月份持续高温，农村条件不如城市，我劝舅舅天气转凉了再过来，他才没有再坚持。

母亲有五姊妹，她排行老二，离老家湘潭最远。妈妈成了舅舅、姨妈们最牵挂的人。

在宁乡工作的舅舅与我母亲联系最频繁，在我的记忆中，舅舅来过我们家两次。第一次是我结婚的时候，第二次是2017年表弟买车后开车将舅舅送过来一次，那次他们还将我母亲接到宁乡精心照顾了一个月，母亲回来后精气神比原来好了很多。

今年国庆节表弟回宁乡休假，舅舅又趁机让表弟送自己到了我老家，兑现他来看我父母的承诺。他出发了才给母亲打电话，是为了避免母亲因为他们的到来忙碌。

舅舅退休后依然很节俭，平时穿的衣服大多是原来的工装，只有出门走亲戚时才会西装革履。舅舅虽然节俭，但对我们一直出手大方，每次来都会带很多物品，有衣服、食品、水果、铁桶，请人

8

订做的菜刀、柴刀、砧板……

舅舅是个很细心的人，离开我家前还接了一瓶自来水去化验。事隔几天专门给我打来了电话："要么用木炭细沙过滤，要么装过滤器。"我知道舅舅的担心。

我回老家陪伴父母的次数较多，每次都能看到母亲接听舅舅的电话。我给他送了一小壶粮食酒他都不忘与母亲交流："海兵送的酒很纯，口感好，只怕有蛮贵。"其实就是酒坊普通的粮食酒，舅舅却记在心上。而他的付出总是应该的、不假思索的。

母亲经常叮嘱我们平时多与舅舅联系，在舅舅过生日时或节假日，我们也习惯与舅舅联系一番，与他侃侃大山。舅舅总是表扬我："你做出了榜样，弟妹都孝顺父母，我很放心。"

母亲是七十好几的老人了，她也时常唠叨着想去宁乡看看。我与儿子聊起奶奶的心愿，希望他安排一下时间送奶奶去趟宁乡。

去年国庆节，儿子告诉奶奶他有时间，会将她送到宁乡。奶奶听后开心了几天，张罗着她要带的土鸡、干鱼、酱菜……还不忘让我带上一壶舅舅喜欢的粮食酒。

姐弟相见，舅舅热情似火，忙得不亦乐乎。从每日早点的安排，到中、晚餐食材搭配都考虑得十分周全。他亲自下厨，菜品做得精致，味道可口。小菜都是他自己开荒种出来的，我们在他家住的那几天，他不管多忙，早餐后必定骑上摩托车去四五里地外的菜地浇水，下午五点再去一次。

我劝舅舅："70岁的人了，吃不了多少，保重身体要紧。"舅舅很享受种菜的这份开心。他说："运动一下挺好。"

稍有一点儿时间，舅舅便要带母亲逛街。"老姐，这件衣服适合你。""老姐，这个很适用。"每当母亲将商品拿在手上，舅舅便会怂恿母亲留下，他觉得能送给我母亲一些礼物很开心。

在舅舅家住了几天后，我们告辞回家。舅舅十分不舍，他拿着准备好的大包小包跟随我们出门。回到家里，舅舅打来电话让我注意一下茶叶盒，才发现里面放了不少现金。我知道舅舅的心思，他是希望尽自己所能让父母亲过得舒适一些。

母亲经常在我们面前念叨舅舅的好，她也总想为舅舅做点儿什么。哪怕去镇上给舅舅寄点儿土鸡蛋、酱菜。母亲寄的是一份情感，只有这样，她心里才会得到慰藉。

舅舅与妈妈的这种姐弟情愫令我感动，我也会尽好孝道，让父母开心，让舅舅放心，让这种温暖的亲情在我们兄妹间延续。

（原载 2022 年 10 月 10 日潇湘原创之家）

结识三"大咖"

　　10月4日，我正在长沙休假，接到了十三村征文颁奖活动的邀请。与全国道德模范李国武合影、结识一批文豪"大咖"，是我连续三次参与征文活动的初衷。

　　次日9点40分，我和《岳阳晚报》社的段佳主任到了十三村。第一眼感觉大门很有特色，古韵古风十足，道路两旁果树甚多，果实累累。墙壁青藤缠绕，满目青翠。木制的数个鸟笼内，鸟儿上下飞舞，花、鸟、喷泉相伴，让人有置身世外桃源之感。

　　在"欢迎全国各地十三村征文获奖作家光临十三村"的横幅下，一个穿着休闲服，身材略显单薄的男子在给他人拍照，看上去很专业。走近一看，发现拍照者是全国道德模范、十三村总经理李国武。我连忙走上前打招呼："李总，我写征文追你三年，今年如愿以偿见到你本人。"李国武热情地伸出双手："感谢你的支持，我们一起合个影。"拍完照我们继续参观生产车间、人耕文化、笑脸墙……

　　颁奖时间到，我们步入会议室。李国武向大家介绍了全国征文获奖情况，有两位是我仰慕多年的文豪。一位是《湖南日报》岳阳分社社长徐亚平，一位是市人大教科文卫委主任卢宗仁。徐亚平社长我在宣传部任新闻干事时就熟悉，他擅长写大篇幅，做的标题独具匠心。有时用诗句，有时用俗语，有时调侃……让你过目不忘。卢宗仁主任写散文幽默诙谐，会让你捧腹大笑。

颁奖完毕，大家步入操场，我朝徐亚平社长走去："徐社长，我想留您的微信，不知是否冒犯。""老弟客气了，多个朋友很好。"于是他掏出手机，让我加了他的微信。临别，徐社长给我发来一条信息："欢迎到岳阳做客。"我顿时倍感亲切，他的热情让我敬佩之情更甚。

回头看到卢宗仁主任正好朝我走来，我连忙打招呼："卢主任，您在君山区当副书记的时候，我就看过您不少文章，写得轻松随意，寓意深远。""过奖了，写着玩而已。"卢主任十分谦虚。"今天想留您的微信，方便以后请教。"我有点儿胆怯。"好的，我加你。"卢主任爽快答应。

在返回岳阳的路上，我给卢主任发微信："您有我们颁奖时的照片吗？"卢主任不仅将照片发过来了，他还关切地问我："在岳阳住吗？晚上一起吃饭。"我连忙回复："下次专程拜访。"一次颁奖活动，遇到三位"大咖"都如此平易近人，怎不让我心潮澎湃、铭记于心！

（2020 年 5 月 15 日）

偶遇杨县长

1月24日下午，在注滋口镇等候车辆返回县城时。车门处出现一个熟悉的身影，定睛一看，是曾经分管交通等方面工作的杨天毅副县长。我在报社时多次跟随他外出采访，今天见到他很惊喜。

杨县长虽然是正处级领导，但是他亲和、平易近人，与他交流没有拘束之感。杨县长一上车，我便热情招呼："杨县长好！"

"你是张海兵吧，回来看父母的？"杨县长问我。

"是的，回家看看。"我微笑着回复他。

"父母年龄多大了，身体还健康吧？"杨县长关切地询问。

"他们身体都还蛮好的。"我如实回答。

杨县长坐在前排，我将身体倾向前方，感慨道："那时跟随您一起采访特别轻松，您很随和。"

"现在退休了，不在其位，不谋其政。"杨县长诙谐一笑。

这时售票员走过来，我将零钱递给她，想替杨县长买车票，杨县长和他夫人执意不肯。

车辆经过注滋口大桥时，我对杨县长说："大桥通车那天我跟您一起来的。"

"是的，大桥通车那天是12月26日，也是毛主席生日那天，下好大的雪。"杨县长记忆犹新。

"你和汉秋局长有联系没有？"杨县长话锋一转。

"平时很少看到他，只有报社哪个同事家有红白喜事才可能遇到。"我向杨县长解释。

"我经常和他在一起，有时间我们一起聚下。"杨县长像朋友一样与我交流，让我感到很温暖。

"好的，只要杨县长看得起，我随喊随到。"我带着感恩的心回答。

我们就这样随意地聊着，正如朋友说我"没有情商"，只要我喜欢，就没有了规矩，把领导当朋友。

"海兵，你是个老实本分的人，这与父辈的教育有很大关系。我在任的时候，你从来没有跟我提过要求。我听南贵主任说过你，你是没有什么社会关系和背景的人，文章写得很好。"杨县长还能如此清晰地记得我，我真的是太感动了，简直受宠若惊。

"您说得太对了，我受父亲的影响很大，他对我没有什么要求，与人为善，平安健康就好。"我说出了父亲的教诲。

"今天我看出来了，你是一个孝顺父母的人，你做出的榜样你的儿子会看在眼里记在心上，你以后会很幸福。"杨县长给予我肯定。

"我听人说过，你除了写文章，应酬那一套是弱项。"杨县长直言不讳。

也许是我过于放纵，又或是杨县长的体贴，我们交流十分愉快，也不知不觉到了县城。看着杨县长离去的背影，有一种难以言表的温暖涌上心头。

（2021 年 1 月 24 日）

我的师傅

3 月 31 日，打开"学习强国"浏览自己发表的文章，发现阅读人数已达 10 万，有 6 千余人点赞。一篇旧作经岳阳市文联党组副书记、副主席刘子华推荐，创造了自我写作以来读者阅读量的顶峰。

2020 年 11 月，我有较长一段时间没有回老家了，父母开始惦记我们。年逾七旬的母亲不顾年事已高、出行不便，提着大包小包的物品来县城看我们。

老人家来后，每天帮我们清扫卫生、做饭。我决定晚上陪母亲出去散步，让她老人家看看县城的夜景与变化。

与母亲边走边聊，我再次感受到了她的开朗、日常的勤俭与她的幸福感。我将与母亲的散步经过写成原汁原味的《陪母亲散步》，发表在《华容教育》与潇湘原创之家平台。之后再没有投稿至其他媒体，我将这篇文章收藏，以备出书之用。

我原来只是一名乡村自由撰稿人，虽发表了不少稿件，但都比较短小。刘子华在县委宣传部任副部长时发现了我，将我招聘到《华容报》社工作。从那以后，他手把手指点，精心辅导我写文章，我逐渐掌握了一些技巧与方法。我觉得称呼他"师傅"最亲切，最能表达我内心的敬仰。

师傅一直关心我的写作，只要我在平台上发表文章，他都会留言，如"文字很有温度""坚持做自己喜欢的事挺好"等鼓励的话，让我很受激励，信心倍增。师傅的关心，让我一个最初的门外汉终也能顺顺利利实现了出书的梦想，还先后加入了湖南省散文学会、岳阳市作家协会。

今年我准备申报省作协会员，师傅担心我发表的文稿数量不够，让我将所写的文章全部发给他，他好选择一些推荐到相关刊物发表。我将13万余字的文稿汇编，全部转发给了他，有没有师傅看上的稿件，我心中没底。

师傅是中国作家协会会员，出了十多本书，他的视野与写作功底是我望尘莫及的。师傅收到我的文稿汇编后，逐一浏览了上百篇稿件，发现《陪母亲散步》这篇文章有可读性。母亲勤劳、节俭、善良、开朗的品德能引起读者共鸣。他稍作修改，将段落调整为每一个小段一个情节，层次更加明晰。3月27日《岳阳晚报》对文章进行了刊载，又转载到了"学习强国"平台。

3月28日晚，师傅将"学习强国"平台上的文章转发给我时，我很意外。他之前所做的工作我全然不知，他默默地在为我付出。

当我打开链接时，阅读人数已达一万余人，点赞人数上千，感恩之心难以言表。我简单地给师傅发了一条信息："感恩，师傅!"

师傅一如既往给我鼓励，他回复："你本来就很优秀，祝贺!"师傅总是给我信心与力量。

师傅将我的文章修改、推荐，对我来说是一次学习、一次提升。有他的关心、指点，我会保持热情，笔耕不辍，力争写出自己满意、读者喜欢的文章。

（原载2023年4月2日潇湘原创之家）

亲切的包局长

3月4日下午，华容县教育体育局党委书记、局长包金跃再次来到档案室。他亲切地向人事档案专项审理工作人员问候："专审工作责任重大，大家辛苦了！"这是他上任三个月以来第四次到档案室调度人事档案专项审理工作了。这种体贴，让我这个从事档案工作11年的人感觉特别幸福。

我为人处事虽然很简单，但是遇上亲切的领导我也会开心，以朋友的方式发自内心地相处交流。

我之前听说包局长的名字是他任城关镇党委书记时，后来知道他去了建设局、人社局当局长。他任教体局局长后，有在乡镇、县直单位与包局长共事的朋友告诉我："你们遇到了一个好局长。"

偶尔回趟老家，村干部主动向我提起："你们局长是一位务实的领导。"口碑不是一日而成的，来自各方面对包局长的美誉，让我对尚未见面的他敬意油然而生。我找朋友要来包局长手机号码，鼓起勇气添加他微信。没想局长验证通过了，让我实实在在体验了局长的亲切。

局长亲切，我也主动给他发出了第一条微信。信息发出没多久我便自责了，太唐突了。出乎意料的是，局长回信了："近期较忙，年后缓缓，请你到办公室坐坐可否？"瞬间让我心潮澎湃。

当晚与一位当领导的朋友小聚，他很感慨："你们局长蛮辛苦！"

能不辛苦吗？刚上任便密集地到各学校调研，了解教育现况及要解决的问题，筹划县委常委议教会，外出争资引项，对接上级工作……

他奔跑中的汗水，汇报中的诚恳，为教育的赤诚之心，让县委、县政府与省、市教育部门领导刮目相看，都全力给予他工作上的支持。

新年县委常委第一次会就是议教会，相继还有全县教育工作会议、教师节表彰大会、县委教育领导小组会议，这些都是解决教育实际问题的重大会议。

全县优先发展教育的理念与氛围越来越浓厚，实际举措也越来越多。正如包局长所说："做教育的事，再辛苦也是幸福的事。"我们普通办事员从一条条新闻、一件件亲历的事情中也感受到了从事教育工作的幸福。

作为一名档案管理人员，习惯了寂寞与默默无闻。能遇到像朋友一样的局长，对我来说是幸福的、幸运的，值得一生铭记。

（原载 2022 年 3 月 6 日潇湘原创之家）

率真的李局长

6月17日，师傅来华容挑选文艺人才。他忙完手上的事情，又热心联络起他当《华容报》总编、社长时一起工作的同事。

这次相聚，师傅特意请来了几位当领导的省作协会员，他们一个个生活阅历丰富，说话幽默风趣，让我眼界大开。

李局长是其中一位，他豪爽、率真，在忙碌的工作中还依然保持着对文学的喜好。我在《华容教育》看到过他的书画作品，美观大方，根底深厚。他不仅是省书法协会会员，厅系统作协副主席，还会萨克斯、篆刻。

他向我们挥手示意："如果现在有萨克斯，我吹一首《回家》，你们都会陶醉在其中。"

"我们都相信，有爱好的人持之以恒，一定有这个水准。"参与者对他竖起了大拇指。

也许是喜欢文学的人在一起，说话少了很多顾忌，不知不觉聊到了县作协的事。李局长他们单位组织过几次"国土杯"征文与读书分享活动，干部职工在文化氛围的浸染下，不仅让读书成为习惯，精神风貌好，凝聚力强，而且他们局被评为"湖南省文明单位"。

李局长正思考用什么样的方式庆祝中国共产党成立100周年，既要有氛围，又要达到效果。师傅提议与县作协合作，组织一次征文活动，之后将获奖作品结集出版。

李局长很赞同："这种形式好，不但推动党史学习向深、向实发展，而且调动了全县广大文艺爱好者参与的积极性，庆祝活动更加有意义。"没想到他是一个雷厉风行的人，听到好的建议后立马安排人员与县作协对接，筹划方案。

一次简短的相聚，一次迅捷的庆祝活动调度，让我们看到了李局长对文艺的钟情、做人的坦率、做事的高效。

（2021 年 6 月 21 日）

领导如兄

10月28日晚，我随同华容县教育体育局党委委员、副局长何军前往相关学校进行值班住校、安全工作等方面的督查。所到之处，再次感受了他对工作的严谨与对我的兄长般的关心。

何局长做事严谨、一丝不苟那是公认的，小到一篇稿子的措辞、一个数字的精准，他都喜欢较真儿。他是一个工作上要求严格，生活上又对你体贴入微的人，我对他既畏惧又敬重。

我对亲近的人说话很随意。何局长分管人事的时候，有一次去新化县慰问支教老师，我跟他说："你慰问的时候发现有好的典型和事迹记在心里，回来后我写篇支教的文章。"

他也没计较我不懂规矩："有好典型回来跟你讲。"一同事当即提醒我："人家是局领导，你说话太随意了。"我才回过神来，草率了。

偶尔跟何局长在一起，我会旧事重提："好多学校行政人员都'怕'你，说你做事太认真了。"他说："我这是为了工作，对事不对人。"

晚七点，我们一行三人到了第一所学校，门卫室墙上张贴的校委会值班安排表很醒目。何局长点了点头："学校都应这样规范，门卫知道当天谁值班可以及时联系处理问题。"

进入校园后，我们相继到多个教室查自习，每一个教室都有人坐班；查寝室安全，宿管阿姨都坚守岗位；查学校安全排查记录，有问题清单、有整改办法。

"这个做得好，平时做了事就要登记好，养成习惯就自然规范了。"何局长就这样的人，该肯定的他会肯定，该批评的也会毫不留情。

在赶往第二所学校的路上，我们三人一起汇总了第一所学校的成绩与问题。何局长话锋一转："海兵，现在电脑可以盲打了吧？"

"可以，如果不是当时你重视，估计我现在还不会打字。"我学电脑与何局长有很大关系，当时他任六中的校长，看到我不会电脑操作，在电脑还没普及的情况下专门给我配置了一台电脑学习。以至于我后来从事档案工作、出版书籍时，因为会操作电脑方便了很多。

"考了驾照没有？"何局长问我。

"考了，都六年了。"

"那你可买台车代步。"

"不敢开，上班骑摩托车都是走的小道，我开车有恐惧感。"

"心里有阻碍，那是开不好车，这个要多练才能克服……"

我们很快到了第二所学校，按照分工各自对工作进行了检查，接着又马不停蹄赶往第三所学校。

返回县城的路上，何局长征求我意见："送你回去还是散步？"

"走路回去。"我答道。

"那我们就一起走路。"何局长有散步的习惯。

下车后我们走了一段路程，他关心地问了我一些家里的情况，聊了他的一些体会，让我悟出了自己很多不足的地方。他就这样似兄长般的关心，让人很温暖。

（2020 年 10 月 29 日）

能干的芳姐

芳姐是华容县委组织部干部信息室主任，她年龄比我小，按行政级别我应该称她为主任。称她芳姐，既尊重她朋友间的称谓，又感觉亲切。

我和芳姐干着同样的人事档案管理工作，不同的是她管理公务员档案，我管理教师档案。她爱学习、肯钻研，又热爱本职工作，业务比我娴熟，我经常不懂就向她求教。芳姐性格随和，指出工作中的问题时都会带着笑容，不会让人望而生畏，也不会让人处于尴尬之中。

第一次见到芳姐是县委组织部安排人事档案专项审核工作，她负责业务培训，声音甜美，思路清晰，条理清楚。既有下发的文件资料参考，又有她阅读文件梳理出来的关键要点，容易接受、便于掌握。

我从事人事档案工作十余年，感觉档案管理越来越规范，事务也越来越多。偶尔免不了会与她抱怨几句，她却泰然处之："要么你找领导调换岗位，要么在岗位上好好干。"简单明了，自己去思考。

芳姐经常加班，不仅要指导、检查、督促教育、人社部门档案审理工作，还要负责单位财务、干部考察等工作。可她任何时候都乐呵呵，很容易使他人急躁的心情得以平复。

人事档案专项审理上报的表册多，几乎每周五要填报一次。有时下班了她突然会发来一个表格，叮嘱次日早上交给她。

我回复她："已经下班了。"

她呵呵一笑："忘记了，记得周一早上给我。"

一个双休日我刚到乡下父母家，芳姐又发来了任务，要我填写表格。她说急着要上报，我只好返回办公室完成她交办的事情。

档案专项审理开始后，芳姐每周都要来检查一次。每次来都要抽查十几卷档案复核，对存在的问题一一记录。她特别较真儿，下次来检查必定要验收上次是否整改到位，不能有半点侥幸心理。

人熟络了我也少了顾忌，我对她说："你检查的次数太多了，我压力很大。""我辛苦一点，你们就会认真一点。"她就是这么敬业。

她解答疑难问题比我有耐心，我们审核档案发现年龄出入较大就会去找她"诊断"。她会一页页地翻阅，看工作经历是否与年龄对应，哪个才是符合逻辑的。有时她还会与档案馆联系，让我们去找佐证材料。

偶尔一个事情弄不清楚，我会发一个微信图片让她指点，她会不厌其烦给予回复。本应上她办公室去专程请教的事，因为芳姐体贴入微，减少了我在路上的奔波。

芳姐不仅工作能力强，也是公认的热心人。正如她"闺密"熊涛所说，芳姐有爱心、体贴人，是我们的知心姐姐。

（原载 2022 年 7 月 6 日潇湘原创之家）

耿直的蔡主席

我是在《华容报》报社工作时认识蔡主席的，那时他担任粮食局副局长、县作协主席。他从政期间还能经常在纯文学大刊上发表文章，让我很敬仰。在今年 6 月 4 日的一次采风活动中，他耿直豪爽的性格给我留下了深刻的印象。

当天，县作协组织部分会员在东山镇清泥湾村采风，其中就有蔡主席。在县城工作 20 多年，认识从政的朋友较多，通过与他们交往了解了一些规则，也知道不同的观念成就不同的人。我的方向一直未曾改变，那就是执着自己的写作梦，勤于记录生活、工作中的点点滴滴。我也从不攀比跟风，静心做自己喜欢的事情。长期的坚守不仅让自己变得宁静、乐观、自信，而且收获了自己的三本小集子。

参加这次清泥湾的采风活动，是想感受一下乡村振兴的新风貌，拾掇一些人间烟火的文字，可没想到会聆听到一堂振聋发聩的写作课。采风人员中不乏文坛大咖，轮到蔡主席介绍经验时会风直转，他直言不讳会员写作中的瑕疵与跟风点赞的弊端，听之深有同感。

蔡主席发言中既为县作协青黄不接的队伍深感不安，又为作者在自媒体、公众号上发表家长里短的文章沾沾自喜、津津乐道的现象忧心忡忡。他是一个治学严谨的人，哪怕对标点符号、标题都千锤百炼。因而他说多年前颁布的一些字、词的替换，至今个别会员在写作中还不能准确运用，甚至词不达意，典型的低头拉车，不抬头看路，有的粗制滥造，的、地、得不分，有的标点符号用法不准……蔡主席所讲之事我有切身体会，也看到不少作者有和我类似的问题。

曾经我写文章时两个书名号之间习惯用逗号，后来看到颁布的标点符号用法，两个书名号之间不用标点。从此我铭记在心，再没有出现这样常识性的错误。也如蔡主席所说，不仅要会写，而且要善于阅读学习，只有厚积薄发才能提高写作水平。

蔡主席也评文章跟风点赞的风气，我很赞成他的观点。我曾经委婉地表达对这种风气的抵制，只不过担心别人抨击而没撰稿成文。我有县市省几个写作群，群内经常会转发会员发表的文章。一篇文章出来后几十上百条复制的点赞，极少有人指出文章好在哪里、有哪些不足。我在朋友圈转发一些自己的文章，目的是希望有人帮我指点或提出建议，在日积月累中提升自己。

有一次刚转发一篇文章就有人秒赞，我估计应该是没看文章，出于礼貌在点赞。于是我问她："这么快看了文章?"她回答我："没有看。"顿时大失所望。我又问她："文章都没有看就点赞。"她嘿嘿一笑："先点赞，有时间再看。"

后来，我不再转发文章，而是单独请我信任的人提出修改意见。为此，我写过《一篇稿子三人改》《良言一句三冬暖》《反向思维之触动》多篇文章，都是别人指点后的思考。我也经常看朋友圈与作家群内的文章，却很少点赞。

看别人的文章其实就是一个学习的过程，文章中有一两句话让你记忆犹新或内容对你有所启迪，这都是收获，有针对性地去点评点赞是对作者的一种认可与尊重。学考期间，组织上安排我写一篇文章参加市纪委的征文比赛，我花了一天的时间写了《一种家风的赓续》。之后我请一起当班的同事陈君斧正，他逐字逐句修改了四五处。根据他的建议再次修改后的文章意境好了很多，这才是有益的帮助。所以蔡主席鞭挞毫无个性的点赞时，我内心由衷地产生了共鸣。

一次平常的采风，收获了蔡主席的真知灼见，懂得了他的品性与对会员的关心。一个人的强大来自内心，如果少一点跟风，多一点主见，我想文坛将会更加正能量满满。

（原载 2023 年 6 月 26 日华容作协公众号）

务实的肖校长

见到他的第一印象不仅仅是帅气，而且会从他洋溢的笑容中感受到活力、热情、内敛。

从事教育工作 26 年，由边远乡镇班主任、团委书记、德育主任、副校长，一步一个脚印成长为治河中学、操军中学校长、局机关技术中心主任、县直九年制示范学校校长。他就是现任华容县长工实验学校校长的肖爱民。

无论是乡镇还是县直，无论是当老师还是校长，肖爱民一直用勤奋提升能力。他坚持阅读报刊、理论书籍与行政管理读本，还先后到湖南理工大学、湖南文理学院等院校进修学习，提升自己的理论水平与管理能力。

肖爱民不仅勤学、勤思，而且勤于实践。他带头上主课来全面了解学生与老师的需求。把听课、评课作为提升质量的重要一环来抓。他撰写的《甘当教师贴心人》等多篇心得在《中学生学习报》等刊物上发表。

肖爱民每到一所学校任职都会想老师所想，尽己所能改善办学条件。在治河中学当校长时，他奔波于长沙、武汉、广州等地争取乡友支持。中小学教学楼得到修缮，校园路面进行了水泥硬化，人行道种植了花草树木。

在操军中学担任校长两年，他募集到资金 270 余万元。所属学校教学环境、硬件建设得到了前所未有的改观。

调任长工实验学校一年，他主持修好了南校门进校车道，开通了连廊门，下移了教工食堂。教师们有了存在感、获得感、幸福感。

肖爱民喜欢用自己的情怀去影响人，他平时对老教师的关心总是无微不至，谁家有困难，谁是外地教师……这些容易被人忽视的细节他都了如指掌。

操军中学彭桂秋老师身患高血压，诱发脑卒中在长沙医治。肖爱民亲自去探望他，劝他安心养病。彭桂秋老师对他说："你的人品与情怀让我信服，我不会因治病耽误学生一节课。"病情稍微好转，他回到学校拄着拐杖给学生上课。

肖爱民经常利用查堂或下校的机会与外地教师聊家常，嘱托中小学校长要多关心、关注外地教师，不让他们因家庭远而感到孤独。即便经费紧张他也会筹集资金让各校开展一些集体活动，给外地教师添置一些必要的生活用品。

临湘籍教师卢宁面对这些暖心的细节很感动，她说："肖校长提升了我们外地教师和乡村教师的幸福指数。"受其人格魅力影响，教师比、学、赶、超的氛围十分浓厚。

他曾所在的治河中学连续两年代表县教育局参加市局的颁奖大会，操军中学获中考质量全县乡镇第一名，长工实验学校中考及全县初中教学质量获第一名。

他干一行爱一行，2021年任机关教育技术中心主任时，初中实验教学质量抽查迎省检，教师实验抽查合格率、学生平均优秀率、合格率均高于2020年全省抽查平均水平。

20余年的责任与担当，肖爱民获得了县教研教改明星、教学工作先进个人、优秀教育工作者、优秀学校行政干部、目标管理先进个人等多项殊荣。2022年9月，他被评为岳阳市"十佳"校长，并在大会上作典型发言。

（原载2022年9月1日潇湘原创之家）

晓林其人

晓林外表帅气，气宇轩昂。在我心中他是一个性格豪爽、直言不讳的人，与其交往时刻能感受到他的热情与关心。

我也性格耿直，喜欢结交简单、坦诚、仗义、热心的人，特别欣赏那些有作为、有格局又低调的人。晓林就是其中一位，与他相识是在一次招聘教师的考试中。我们同在一个教室监考，他做事十分沉稳、麻利，给我留下了很好的印象。后来才知道他是人社局办公室主任，是一个能文能武的人。

我们不在一个单位，只有休息的时候会电话联系一下。与其交流他处处透露出谦虚与亲和力，这也是我钦佩他的地方。晓林从事单位办公室主任多年，协调的事务较多，他都能安排得井井有条。我曾调侃他："你这个办公室主任是个杂家，既要协调事情，又要撰写材料。"

他呵呵一笑："只能说明我能干，效率高。"确实如此，我很信服他为人处事的能力。遇到一些疑惑的问题，我也会向他请教，让他指点迷津。

有朋友找晓林帮忙，只要是他能力范围内的事，他都会不遗余力。我一个朋友要审核一张表格，相关股室负责人外出开会。晓林主动对我说："你把资料放我这里，如果要补充什么再联系你。"事情看上去很小，却看到了他的热心。

　　一次去政务中心办事，我电话咨询晓林办事的流程与需要准备的资料，他一一说明，并让我按要求去做，特别叮嘱要带单位公章。我按他所说的准备好资料后，到政务中心几分钟便办好了手续。如果不是他事先详细说明，我会为一张表格、一个公章多往返几次。

　　我们平时虽然联系少，但是他会默默关心我朋友圈的动态。一次发了一条不再接受文稿、事迹撰写的信息，他马上将电话打过来："心情不好啊？"直接开导我，让人心情豁然开朗。

　　晓林组织能力强，我偶尔想和几位朋友聚个会，委托他召集，他会直接拒绝："没时间。"没有一句多余的话，也没商量的余地。我知道不是没有时间，他是担心我的身体。我这个人酒量偏小，遇上义气之士、志同道合之人，有时会豪气冲天，不顾自己实际。晓林起先不知我底细，以为酒量还可以，便没有阻止。几经实践后总结出经验，凡我主动之时，必定是酒量已到了极限。

　　从此以后再约相聚，只要我说加酒，晓林便会与朋友离席而去，不留一点情面。慢慢地活动少了，他怕我重蹈覆辙，不过依然会电话联系了解一下我的情况。

　　有一次在外散步，不知衣服上怎么就沾了些灰尘，估计是靠了树干或围栏。在桥上遇到晓林，他停下脚步看了看我："喝酒了？"

　　"没有啊，散步呢。"我回答他。

　　"没有就好，我看你身上有灰，以为你摔跤了。"

　　他继续语重心长地叮嘱："几十岁的人了，要懂得爱惜自己，少喝酒多运动。身体不仅是自己的，还关系到家人的幸福。"他就是这么让人觉得幸福。

　　　　　　　　　　　　　　（原载 2023 年 4 月 6 日潇湘原创之家）

勤勉的秘书长

我的隔壁是华容县教育基金会办公室，看到、见到的事情相对要多，他们日常工作作风与待人的热心让我自愧不如。

秘书长李兴中平时说话做事谦和、谨慎、高效。他8月刚刚进入新岗位，恰逢教育基金会换届工作。时间紧，事情很多。李兴中从容应对，他借鉴过往资料，逐渐熟悉程序与内容，之后列出了工作计划、工作时间表，一件件处理，忙而有序。文字的起草、通知的下发、会场的布置、资料的准备都有条不紊。

他善于着眼大局与长远思考问题，哪怕是一些事情自己已经深思熟虑，他依然做到多请示汇报、集思广益，让事情更加完美。

换届工作完成后，李兴中开始筹备办一份基金会内部的报纸，宣传教育基金工作，引导更多的爱心人士融入捐资助学活动中。我为他的站位与远见所折服，自愿参与为他做一些编辑事务。

为了办好这份内部报纸，李兴中从报纸名称、版式设计、内容上反复修改、不断完善。11月21日晚，我去办公室加班。基金会办公室门开着，秘书长正低头敲击键盘。

"还没下班？"我问他。

"已经约好理事长汇报工作，再整理一下办报纸的相关内容，你帮我参谋一下。"他征求我的意见。

走近电脑显示屏一看，上面有多个文档。有报刊名称说明、创

刊词以及要刊载文字的内容。他已经汇报了多次，每一次都有改进
与提升。

办报纸只是基金会的辅助工作，真正的重心在教育基金的募集。
每一个乡镇、县直学校都有自己的教育基金分会，调研了解各分会
资金募集等情况是必不可少的。

李兴中会精心安排理事长的调研活动，每一次调研都有不同侧
重点。成立不久的分会调研工作进度，增量力度小的调研问题与困
难，增量力度大调研典型事迹加以推介。

他很细心也很勤奋，他会将调研中挖掘到的爱心人士事迹通过
报纸进行宣传，如调研中发现一个乡友对本村的学生捐助小学至初
中的生活费、另一个爱心人士每日一捐款……这些带着爱心的文章，
让我们看到了乡友对家乡教育的关心、支持。

（2022 年 11 月 23 日）

敬业的张编辑

3月29日上午，我接到《湖南教育》一线传真栏目编辑张晓雅打来的电话。她告知我投去的稿件收到，稍晚再给我发来修改意见，让我对稿件进行修改和补充。

我写稿20多年，报刊编辑专门为一篇稿件郑重其事拟写修改意见这是我第一次经历。未见其人，便生好感。

晚六点手机微信铃响，张编辑发来了修改意见与曾在《湖南教育》发表过的5篇文章，她说供我参考。如此体贴，让我很意外。

我打开张编辑修改意见的文稿，一张A4纸上写了四点修改意见，每一点都很详细，分别举例说明要补充的内容与理由。她还告诉我哪些地方可以省略，哪些地方必须求证。每一个现象都要能找到依据和说法，不能模棱两可。

看完张编辑的修改意见，我怀着感恩的心情给她发了条信息："像你这样提出修改意见的编辑我是第一次遇到。"张编辑回复："因为这篇稿子有亮点，有可改性。"我按照张编辑的建议精简了事例，补充了一些数据。

她再次发来编辑好的稿件，语句比原来更加精练，事实更加清楚。她在文末加了一句"看到了乡村振兴的希望"，简单的一句话提高了全文的意境，站到了国家层面，令我折服。

最终稿件得以刊发，这是我第一次在《湖南教育》发表文章。这一切得益于贴心、负责、严谨的张编辑。

（2021年4月6日）

仁爱的郭医生

腰部扭伤已经有好几天，自以为随着时间的推移会自动康复，因而没有太在意。4月1日伤情加剧，不得不去看医生。

县中医院副院长彭胜武向我介绍了郭志刚医生，他是这方面的专家，擅长运用中医药、针灸、推拿、小针刀、骨针刀等方法治疗颈椎病、肩周炎、坐骨神经痛等多种病症。

郭医生满脸笑容，他让我侧卧在病床上，在肋骨疼痛处轻按了几下，看肋骨是否受到影响。经他诊断，肋骨应该没有骨折或碎裂。

他在我的痛处扎了几根针，通上了电源，针头开始抖动。这是我人生第一次扎这样的针，感觉有点胀痛。

"力度受不受得了？"郭医生问我。

"忍一忍还能坚持住。"我回答他。

约40分钟，我完成了一个疗程。感觉这种治疗好神奇，不用吃药、不用输液，疼痛减轻了很多。一番感谢，便准备回家慢慢康复。

4月2日早上突发状况，一口气在胸腔没舒展开，肋骨处"砰"的一响，我痛得不能动弹。朋友冒雨将我送到了医院，郭医生不放心，让我去拍片，结果显示肋骨没有骨折。

郭医生继续给我插针治疗，因伤处太痛做不了火罐而停止。次日再来医院，感觉比以前更痛了。我当着其他患者的面对郭医生说："治了两天感觉没效果。"

郭医生欲言又止，我知道自己话说过头了。自己耽误了最佳治疗时间，加之伤骨治疗有一个过程。他没有与我计较，依然笑着说："继续治疗几天会慢慢好起来的。"照常耐心地插针、拔火罐。

接下来几天，继续做着理疗。我每天早上 8 点准时到，病床上已经躺满了来治疗的人，有的已经插了针、烧了艾香。

"你每天是不是都来很早，也没有看到你轮休？"我看他几天一直都在，双休也没有休息，于是问郭医生。

"每天早上 7 点从家里出发，7 点 30 分到医院，轮休也习惯到医院来，没时间休息。"他给了我答案。

我在医院理疗 5 天，看到他时常接听电话，有的表达感谢，有的咨询病情……他总是不厌其烦热情回复。我听到他对患者说："治病是我分内的事，你们的康复就是对我最好的感谢。"这是他一个医生用实际行动对医者仁心的诠释。

（2021 年 4 月 6 日）

友情难忘

4月10日,岳阳市第一人民医院专家对母亲穿刺的肿瘤活检诊断分析结果出来了,属良性,几日来悬着的心终于安定。朋友、同学、护士长热情相助母亲医治的事让我感恩在心。

自1月30日参加防疫值勤工作以来,我已经两个多月没有回过老家了。直到4月3日清晨,母亲给我打电话,声音很微弱,我才知道她老人家患病了。

我给朋友何君打电话,请她开车去乡下接母亲来医治。她二话没说,简单洗漱便来接我。车行驶中,我跟县中医院彭胜武副院长电话联系住院的事。10分钟后,他反馈事情都安排好,有事再联系。

母亲入院后,医生热情问诊,护士笑容陪伴,让我紧张的情绪得到放松。稍后人才中心戴方栎主任一行赶到医院看望,叮嘱我安心照顾好母亲。

7日上午,医生建议母亲做一个彩超,结果出来后上面写了"4A?",我让负责拍片的医生解释一下什么是4A,她说你问主治医生就明白了。

下午两点多,医生叫我去他办公室,他的神情有点严肃,建议我们去岳阳复查。从医生的话语中我感觉到病情比我想象的复杂,我将结论拍给在岳阳东院工作的同学何小云,她立马找专家分析,并让专家和我通话说明了情况。

专家让我们去一医院胸外科复查，我对医院情况不熟悉，只好求助东院院长李罗清同学。他十分热心，让我第二天去找他。8日上午到东院后，李罗清已经联系好了做穿刺手术的易主任。易主任让我将县中医院所有化验单子，CT、B超结论，心电图等全部给她。

我是个粗心的人，出院时只拍了一张B超结论，其他什么都没有。如果往返一次县城至少三小时，在岳阳重新检查又得耽误一天时间。

我抱着试一试的心情给县中医院护士长汪敏打电话，请她帮助。汪护士长当即回复："你加我的微信，马上拍照给你。"当微信里传过来一张张化验单时，我的心如暖阳照耀。

临近中午，《岳阳晚报》社段佳主任打来电话，他已经为我们安排好中餐。母亲去岳阳看一次病，朋友、同学、医生、护士长的帮助像接力赛，他们与人为善的行为时刻感染着我。

（2020年5月18日）

益哥讲义气

12月9日中午，趁午休时间外出接连办了几件事，都十分顺利。得益于人社局的朋友赵益相助，感受到了他的热情与义气。

认识赵益纯属一次工作交往，他和同事到我们单位核查民办教师资料。初次见面他自始至终说话谦逊，带着笑容，给我的印象是阳光帅气，作风干练，这是我喜欢交的朋友。

不久后我与人社局的朋友小聚，我有意将话题转到赵益身上了解他的情况。朋友说他是军转干部，为人豪爽、仗义。我请朋友邀请他一起参加活动，这样我们有了第二次交往。

相识后，我受人之托找赵益询问一些保险业务上的事，他会热心解答。有时不属于自己工作范畴的事他会去找专业人员咨询，再准确回答，从不应付了事。我感觉他不仅工作严谨、细致、负责，而且做事雷厉风行，不愧是在部队锻炼过的人。

以前每逢12月底去替妻子缴纳社保时，大厅里总是人山人海，因此要排很长时间的队。我问赵益什么时候人少点，他说现在正是交费的高峰期，每天都有很多人。赵益知道我上班时间不方便出去办事，告诉我他们中午有一个半小时的休息时间，他趁休息的时间帮助把交费单子打印出来，我过去刷卡就行了。

为了不耽误下午上班，我中午提前到了政务中心。大厅里的工作人员都在休息，我不便打扰，遵守作息时间坐在椅子上等候。上班时间到，赵益看到我，连忙将中午打印好的单子交给同事，一分钟便将事情办完。

（2020年12月10日）

邮政小姐姐

我要开一张税票，朋友说邮政可以代开，于是来到了与单位距离较近的荷花市场邮政银行。

在大厅里我询问一位穿着邮政制服的小美女："这里可以开税票吗？""可以开票，只是要等会儿，这里的老人很早就来了，要先帮他们处理一下。"小美女有礼有节，给我留下了很好的印象。

20分钟之后小美女问我："叔叔，您的事不太急吧？"

"有点急。"我答道。

"现在真的没时间开票，要不您加我微信，将内容发给我，我开好票了再通知您，这样就不耽误您办别的事。"这个办法好，我加了她微信后便离开了。

"叔叔，票开好了，你过来取还是我送过去？"一个小时后美女给我发来微信。"我来取，你能提供方便我已经很感谢了，哪敢麻烦送。"我回复她。

"我们人少业务多，特别是很多业务涉及老人，请您谅解。"她反复向我解释。

午餐后我去取税票，有一个窗口还在办业务，两个工作人员在吃盒饭。看到我进来，先前我看到的小美女连忙放下饭盒："您吃饭没？"

"吃了。"我答道。

"每天上午业务特别多，下午稍微好点。"她向我说道。

"理解，没事。"我安慰她。

趁她到柜台里拿票之际，我随意扫视了一下墙上挂的工作牌，对应她的相片的文字是"支局局长李佳丽"。20来岁就当上了支局局长，工作能力非同一般。

回到办公室，我给她发了条微信："感谢李局长帮助，年轻有为。""莫喊李局长，喊小李，我现在经验不足，希望你们前辈多指点。"谦虚内敛，很不错。后来又开了几次票，都是微信发给她，办好后我直接过去拿，没有耽误一点点时间。

（2020 年 6 月 8 日）

我的税缘

2014年以前，我对"税"的认识是很肤浅的，只知道种田要交农业税，开商店要交营业税，后来上班了发现工资与"税"有关。

真正结缘"税"是去县地税局大厅开劳务费，感受到了税务人员换位思考、乐于助人的情怀。

第一次去开票的地方是地税局的大厅，一名女税务员见我十分拘谨，微笑着朝我问："有什么可以帮您吗?"

我轻声回复："我来办税的，请问残疾人有优惠政策没有?"

"您稍等，我查一下。"说完，她拿出一本《税收法规》查找。

过了一会儿，女税务员抬头微笑："享受残疾人优惠政策要准备好申请报告、身份证、残疾证复印件。"

我将准备好的资料递给她，她麻利地算出了应交的税款。拿到税票，我留意了一下开票人叫刘容。

去的次数多了，刘容有时当班，有时轮休。后来知道她是国税局的工作人员，在地税、国税两个大厅轮流上班。当我遇到不同税务人员开票时，她们都要重新去查找优惠的法律依据。此时我就会向她们说问一下刘容，她知道。

她们就会打电话问刘姐，刘姐会热心地告诉她们享受优惠的条款和税率。再后来，为减少其他开票人查找优惠政策的环节，我要了刘容的电话。我要开票时就打她的电话，询问她是在地税局还是国税局上班，再去找她开票。

2016 年，我出版了第一本集子，出售图书要开税票。因上班不能离开办公室，刘容每次中午通知我去办税，有时等到她开完票食堂已经收拾完了。

我想请她到外面餐馆吃饭，她只是笑笑："没事，当减肥了。"

2019 年我出版了第二本集子，刘容不仅依然热情相助，而且有时她休班会让妹妹刘娟帮我开票。刘娟看到我也是笑盈盈的，十分热情。

原来没有和税务部门打过交道，总认为税务部门是垂直管理单位，架子大、高高在上。自己亲身经历后才知道他们是那么亲切、热情，让人感到宾至如归。

(2020 年 6 月 4 日岳阳市税务局征文二等奖)

善良的弟弟

国庆节，弟弟从务工地回老家了。他在外务工已有四五年，虽然工作很辛苦，但他很乐观，从来不抱怨，总是尽自己所能给家庭创造好一点的条件。

他在外务工会有一些轮休，会惦记家里的父母，哪怕几经辗转，来去匆匆，弟弟也要回家陪伴父母，帮助他们做一些农活。

这次国庆回家，他看到屋后两棵大树对房子有影响，便起身磨柴刀去砍树。室外温度达到38℃，我坐在家里吹着风扇还感觉闷热难受。他却在太阳下一刀一刀吃力地砍着树干。临近中午，弟弟让母亲休息，自己又开始去做饭。

10月3日早上，弟弟刚从镇上回来，他又开始换衣服、鞋子。我问他："做什么事去？"

"姑妈家玉米还在地里，去帮他们掰一下。"他回答我。姑妈去广东带外孙，姑父身体有病不能干重体力活。弟弟知道玉米还在地里时，二话没说主动去帮忙。

弟弟勤劳惯了，很少静下来休息。今年"五一"，弟弟本是回来吃喜宴，正值家里菜籽要收割，弟弟趁吃喜宴的空隙将房前屋后的菜籽全部割了。他考虑事情周全，担心父母年事已高，上下坡容易滑倒，索性将割了的菜籽秆全部搬到地坪晾晒。

弟弟很节俭，却义无反顾地帮助了我很多。我是一个心里搁不得事的人，心情不佳或遇到一点小麻烦就会在言语与情绪上表现出来。他会开导我性格要柔和，胸襟要宽广，没有过不去的坎。

（原载2022年10月8日潇湘原创之家）

儿子的魄力

周五儿子给我发来信息："老爸，看了一个楼盘，准备周日交首付，你有时间过来没有？"我听到消息很诧异，这事没有任何前兆。不过我了解他的行为习惯，果断、快速。

我们去与不去已经无关紧要，他已经拍板定夺。思来想去还是决定利用双休去走一趟，至少做到对楼盘的地点、环境心中有数。

周六赶到长沙已经是中午，吃完中餐随意在沙发上一坐，一摞精美的宣传册映入眼帘。拿在手上一看，全是长沙的楼盘资料。

"这些地方你全跑到了？"我问他。

"是的。"儿子坚定地回答。

"你平时不是很忙吗，哪有时间跑这么多地方？"我问他。

"大部分是下班后挤时间去看的，偶尔轮休也会去看看。"他说得很轻松。

"老爸，你不用着急，这些楼盘我都去了现场，看了环境，对比了价格，觉得现在这个楼盘挺好。我选的是楼王，只是要多努力几年了，哈哈。"一点也看不出他的压力，只感觉他挺开心。

我曾经在县城看过很多房子，当时新房一平方米只要200多元，三房两厅的二手房最贵也就三万来元，由于做事优柔寡断，不是嫌贵了，就是感觉地方不满意，没有及时"出手"。若干年过去，原来看过房子的城市广场、风波岭都拆迁新建，商机无限。

下午三点，我们驱车赶往定下的楼盘所在地，15分钟车程便到了目的地。周围楼盘不少，都在热火朝天地建设中。儿子指了一栋脚手架已经拆了的 10 号楼说："我买的就是这一栋，是楼王。"

"什么是楼王?"我首次听到。

"就是前后、左右都没有房子挡住视线,空间距离特别大,这个楼盘只有两栋这样的房子。"一提醒才发现确实如此,只是自己没有关注过。

我注重的是周边的环境,比如有没有学校。一看挺满意的,小区内规划了公办幼儿园、小学,马路对面一期楼盘规划建设的中学已经完工,不到 10 分钟路程有一所已经启用的高中。这一刻我感觉到了儿子的魄力,欣赏他的决策。

次日约好交首付,儿子一个人和销售洽谈、签字、转账。我在一边看楼盘模型,拍照,这么大的事好似与我关。

"回家,只等交房了。"儿子笑容满面从财务室出来。

车辆启动,儿子想了想对我说:"一件事本来不想和你说,怕你担心。"

"什么事?"我有点急。

"其实也没什么,就是前面看了一个楼盘,感觉挺不错,交了定金,现在想退回来有点麻烦。"儿子很平和的对我说。

"我们现在就去找开发商,看他们是什么态度?"我真急了。

"这事老爸你不要参与,你性子急容易冲动,交流不好会把事情搞砸。我先和开发商谈,实在不行再想别的办法,你们回去等我消息,千万不要着急,事情总会解决的,哈哈。"看儿子挺开朗又有主见,那就放宽心让他自己去处理。

事隔两天,儿子告诉我:"定金退还的事按流程在进行,不久就会到账上。"我悬着的心一下子放下了,他的这种魄力、担当、处事能力我无法企及。

(2022 年 7 月 28 日)

乐观派国芳

因脚受伤想回老家休养，我出发时联系了多年没见的朋友国芳。他接到电话，爽快答应在镇上等我。

一大早车到镇上，他已早早在路边等候，依然如二十年前的样子，一脸笑容，一头乌黑的头发，衣着整洁，显得很精神。

国芳带我到了有特色的早餐店。早餐上桌，我们边吃边聊。他一件件说着过往的事，时不时有些激动。我们性格类似，把情义看得很重，见与不见情都在心里，不会因时间的流逝而淡忘。

我的成长比他顺利，没有遇到过坎坷。而他的经历曲折，磨难是我无法想象和承受的。

国芳是个很有良知与责任感的人，结婚时就知道妻子患有重病，但他保持患难与共的心态与之结合。

他腿脚残疾，走起路来有些吃力。妻子持有二级残疾证，不仅不能劳动，而且长期卧床，需要他照顾。他从来不悲观失望，不向命运低头，再大的压力都显得很乐观。他性格坚毅，不会主动向政府、朋友求助。

为了维持生计，他种过棉花，养过鱼，打过短工……无论怎么拼命干，却怎么也跑不赢巨额的药费。

妻子的生命能延续到现在可以说是他拼着命保出来的，他带着妻子到岳阳、长沙等地求医、治疗，每次都要花费大笔医疗费。收入微薄的他，只能到处借、挪。

听他讲曾经的艰难，我不知道他是如何挺过来的。但是谈到妻子、谈到家庭，他脸上总是绽放着幸福和坚毅的笑容。与其相比，我缺少他的乐观、勇气与胆识。

为了缓和气氛，我问起他妻子的现状。他说妻子的病现在好很多了，但要坚持吃药，每个月要一两千块钱。哪怕日子这么艰难，他都没有一点抱怨，只是想着如何解决问题。

"家庭如此困难，妻子一直患病住院吃药欠那么多钱，你怎么还如此乐观坚强，是什么在支撑你？"我好奇他为什么从不怨天尤人。他说，自己是家里的顶梁柱，如果不坚强，这个家就散了。

这样简单而有分量的话语，让我心生佩服。一天、一月、一年能坚持下来，二十年如此坚毅非常人所能承受。我知道，他就是这种人品，再困难也不会向命运屈服，也不会向生活低头。

面对逆境，他还一如既往地热心。每次路过我家，他总要停下来坐坐，看看我的父母。

我家里有根电源线和一个排插，很旧，也不安全，一直想把它换了却没有行动。有一次他路过，得知情况后，跑到镇上买好电线、排插，帮着安装好。

他多次带妻子到县城看病、买药，却很少与我联系，说怕影响我工作，担心麻烦我。

分别时，我主动提出给点钱，缓解一下他的经济压力，却被他婉言拒绝了。我知道他的性格，也知道他好强，不愿意轻易麻烦人。

这就是我的兄弟国芳，义薄云天、刚强、坚毅、不向命运低头的乐观派。

（原载 2022 年 5 月 19 日《岳阳晚报》）

那些热心人

2月25日晚，直到门卫巡楼我才知道已过了下班时间，于是匆匆下楼走向车棚。看到自己的电动车被人推到充电盒前充电时，瞬间被同事的热心所感动。

当天上午为准备迎检工作，无暇顾及电动车充电。中午就餐完后去充电，发现车棚里充电盒前停满了车，无法靠近。当时我看到陈忠良督学的车接了一个排插在充电，于是我将充电器插在了他的排插上。下班后陈督学已经离开，他担心我的车没有充满电，将我的车推到充电盒前插上电源继续充电。

看到这暖心的一幕，我次日给陈督学打电话："你帮我充电的行为感动了我一晚上。"

"那是小事情，同事之间互相关心是应该的，我们是一个友爱的团队。"陈督学一个善意的动作，一念间留给自己的是助人为乐的幸福，留给他人的是感动、温暖。

作为社会大众，特别是作为传播爱的教育人，说教不如从身边的点滴善举做起。用自己的行动、行为去影响人、感化人，起到潜移默化的作用。

有人会说这样的事不值一提，是小题大做。人的身份不一样，站位不一样，有的人关注着有影响的善举，有的人忽视了从小事做起也是美德的传承。

正如陈督学所说，我们是一个友爱的团队。不管是领导还是同事，都互相包容、相互帮助，只要力所能及的事都会尽力而为。

我们的办公室与教研室只是楼上楼下，但是我极少去串门。有时老师托我到教研室找一本教育刊物或寻找课题资料，哪怕是大海捞针，曾建华会长、教研员晏国兵、电脑操作员刘亚丹都要帮我寻找一番。又如教研员吴红霞，她会拿出多年的听课笔记让我学习，给我提供帮助。

我是一个容易被感动的人，哪怕在学校听一堂课、电动车被人充了一次电都会受到触动并用心记录。长工实验学校杨晓阳老师对我的行为编辑了"颁奖词"："记录生活，分享感悟，自己得到了释放，我们读者也能在你的文章中体验'新世界'。陈督学的暖心之举，徐老师生动灵活的课堂……把这些日常点滴都细致地记录下来，这样坚持做自己喜欢的事很酷。"

（原载 2022 年 2 月 27 日潇湘原创之家）

能干的曾义

人事档案专项审核工作开展以来我的工作量急剧上升，很少有时间静下心来写文章，是一名"80后"的能干与担当，驱使我再次伏案疾书。

根据工作安排，当天轮到县三中档案专审，7点50分，一个长相帅气、满脸笑容的小伙子走进了我办公室。

"海哥，我们是来审理档案的。"他对我好似有点了解，知道我最喜欢这个称呼。

"你叫什么名字？"我问他。

"我是曾义。"他答道。

我想起来了，他是2021年暑假提拔的德育主任。我们去学校进行人事考察，在统计后备干部推荐票时发现他群众基础好，后来在与行政、教师谈话中，他们对曾义评价高。我只知其名未见其人，故不熟悉。

我把曾义引导到档案室时，发现他们中有老师抱了两台打印机进来，这是审理档案工作以来的先河，感觉有点诧异。

我问他们："带打印机干什么？"

"校长让我接手这项工作，我们今天要一步到位，不再麻烦老师自己打印。"曾义一边摆放打印机一边回答着我。这气魄、这担当，让我刮目相看。

很多人都是多一事不如少一事，曾义能与老师换位思考，这是他群众基础好、评价高的一个重要因素。一个年轻的德育主任如此有担当，主动为教师排忧解难，顿时让我有了好感。

曾义是第一次接触这项程序多又烦琐的工作，我担心他有畏难情绪，或者会像他人一样发几句牢骚。可他没有半点怨言，迅速对老师们进行了程序上的分工。有局机关同事对我说："档案室今天终于安静了一天。"曾义他们是在用心工作，交流的声音很小，才显得格外的安静。

他们虽然上午只核对了30多卷，但质量都很高，每一项数据清楚，缺失的材料一目了然。曾义有些压力，担心一天的时间不够，第二天再调动教师困难，于是他们吃完中餐后自觉加班加点。

我陪伴着他们，看着他们认真细致的神态，心情松弛了不少。我平时也通过公众号看到三中的德育活动有声有色，曾义仅担任一年德育主任，学校德育工作就获得了县局德育工作先进单位、团县委五四红旗团委等荣誉，这和他的品德与能力密不可分。

（2022 年 6 月 29 日）

相识班主任

　　2017 年 8 月，侄儿考入华容县第一中学。报名当天，我们按图索骥找到了分配的班级。教室里一个中等身材、穿着朴素的男教师正组织学生清扫卫生。他就是班主任李建仁老师，初次见面，他给我的印象是内敛、话语不多。

　　以后与他的交往，主要是通过家长会、家长群信息或偶尔与他当面交流。我发现李建仁管理班级，每一项制度有人管、有人落实，师生关系很融洽。

　　在家校沟通上，每学期都召开家长会，反馈学生学习、生活情况，让家长心中有数。李建仁让学生给家长写信，站在自己的立场吐露心声。这种互动效果十分显著，他还将我写给侄儿的信张贴在教室里，让学生共勉。

　　有些家长对孩子溺爱，稍微有点感冒便请假在家休息。李建仁会在家长群里语重心长地告知溺爱的弊端，让家长放眼长远，甚至偶尔说话还有点"火药味"，目的是希望家长培养孩子的独立性。他反复强调，溺爱对孩子成长不利。

　　李建仁平时细心观察学生成长，注重全面培养学生。侄儿成绩不错、也很自律，但不善于与同学交流。李建仁会有意在课堂上向侄儿提问，平时让侄儿参加班级的各种文体活动，在班主任引导下侄儿慢慢变得开朗了。

一中的同事说李建仁是一个很有能力的班主任，他的心思全在学生身上，他没有课时也会到教室看看。他自己在"学习强国"的学习上是"学霸"，一口气挑战通关答题全部通过，新闻媒体进行了报道。他是用自己的行为引导学生自主学习，起到潜移默化的作用。

李建仁是一个站位很高的班主任，我亲自见证了一件事情。召开家长会前他让我代表家长发言，介绍一下带侄儿的方法。我委婉拒绝了几次，我说我的观点是品德第一，成绩第二，不赞成陪读、补课等行为。他说赞成我的观点，希望我以身说法，让家长不要太卷。

他的信任让我无法再拒绝，我结合儿子、侄儿的成长，说明培养学生品德、独立的重要性。与李建仁认识三年后，侄儿考上了理想的大学，我为向弟弟交了一份满意的答卷，也为结识了一位优秀的班主任而开心。

（2020 年 8 月 14 日）

一起幸福成长

每逢双休或节假日，经常会有学生与黎以东老师联系，与她分享成长中的故事。在黎老师 30 年的教学生涯中，她也一直把自己和学生一起成长当作一件幸福的事。

2018 年下学期，黎老师调入长工实验学校，她任教四年级两个班的数学和思想品德课程，兼任一个有多名"潜能生"班级的班主任。

为提高"潜能生"学习兴趣，黎老师把大量精力花费在课前教学的研究上。她会根据每一节课的内容从网上收集学生喜欢的动漫、歌曲，或拍一些生活中的场景图片辅助，制作成图文并茂的 PPT 课件。直观生动的教学令学生容易接受，提高了学习兴趣。

黎老师善于抓住学生们的心理特点，精心准备了他们喜欢的书签、小贴画、小红旗等奖品进行奖励。不仅她的课堂充满生机活力，而且"潜能生"能找到自信，主动学习，积极改变。

黎老师手里有一个记录学生成长的笔记本，每天都要对学生学习情况进行记录。针对不同的个体，黎老师还会与其他科任教师沟通，商讨"量身定做"的方式辅导学生。她很少静下来休息，时间都用来设计教学、管理班级、与教师和家长沟通。她注重学生综合能力培养，为学生提供阅读资料，教会学生构思作文，不厌其烦指导修改。

她是个十分热心的人，只要能帮助到学生，她都会不遗余力。一位家长在工地上意外受伤，生命垂危。黎老师不仅赶到医院探望，还把学生接到家中一同吃、住。家长医治经济上有困难，她发动亲戚、朋友、同事捐款。

孩子们懂得感恩，每到毕业季必定会出现学生与黎老师依依不舍的场景，有人送玫瑰花，有人送自制的卡片。寒来暑往，星移斗转。黎老师始终以她质朴的情怀传道授业，2021年9月她被评为岳阳市优秀教师。面对荣誉黎以东只是谦逊地说："和学生一起成长是最幸福的事。"

（2022年3月12日）

听了一堂语文课

听课是机关干部办联系点的常规动作，2 月 21 日我在马鞍山实验学校听了一堂五年级语文课，感触良多。

当天上午，我们随机选择了五年级（1）班的语文课。老师是一位身材高挑、面貌清秀、富有亲切感的女教师，校长介绍她叫徐雪琴。

看着一体机显示的《祖父的园子》，我知道是新授课。我思考着，徐老师是用"满堂灌"的方法让学生跟随她思路走，还是提纲挈领引导学生以自主学习为主？

"同学们，寒假中有哪些事让你感觉特别快乐？"徐老师启发式提问。刚刚经历寒假，同学们对快乐的事记忆犹新，课堂立马活跃起来。

"爸爸妈妈陪伴我感觉好快乐。""我读了一本好书，收获了快乐。""我们堆雪人好快乐。"同学们毫无顾忌地畅所欲言。

徐老师边板书课题边与学生交流："这是今天要学习的新课，同学们快速浏览一下课文，感受作者有哪些快乐。"

学生进入阅读状态，没有人左顾右盼，没有人窃窃私语，全身心投入到课文之中。大约五分钟过后，徐老师微笑着朝学生们挥了挥手，一种心灵默契，学生阅读戛然而止，都注视着老师。

"同学们，预习课文的时候要注意哪些要点呢？"学生齐刷刷地举起了手。

"读、圈、标。"有学生站起来回答了老师的提问。

"回答很对，现在同学们再对课文进行圈画、标记。"徐老师温和地给学生布置任务。

学生开始独立在课文上进行标记，两分钟后我拿过刘泽宇同学的课本，只见他在"蝴蝶""蚂蚱""大榆树"等名词下打了横线，在"嘟""蚌"等字下画了三角形，在"铲子""锄头"等词上画了圈。这些标记分门别类，横线标记的是名词、三角形标记的是生字、圈标记的是劳动工具，这是学生日常养成的阅读习惯。

徐老师又开始设置问题引导："园子里有什么？作者做了些什么？同学们可以互相交流。"这个问题的设置可以了解学生阅读是否认真，考查学生是否带着思考阅读。

趁着学生热情交流之际，我拿过学生的一本书，她叫陈语馨。我问她："你觉得同学间交流有什么好处？"

陈语馨同学好似身经百战，对我的发问没有胆怯之感。她说："通过交流可以知道对方答案哪些地方好哪些地方不好，自己回答时更加准确。"

我继续问她："你们经常这样交流吗？""我们一堂课至少交流两次。"她大大方方地回复我。教学方式的灵活、学生的沉稳，让我感受到了师生关系的融洽、教学方式的新颖。

阅读了课文内容，掌握了生字、生词，熟悉了园内景物与作者所做的事，实则对课文有了全面的了解与熟悉。徐老师又因势利导："同学们，你们看全文可以分为几部分？每一部分写的什么？"

一篇新授课在徐老师的逐步引导下，一个环节接一个环节，让学生在不知不觉中掌握了知识的要领。

"分三部分，第一部分讲园子里有什么，第二部分讲作者在干什么，第三部分是作者的畅想。"刘子含同学回答了老师的问题。全文共有 19 个自然段，能如此准确地分析出作者要表达的意图与层次，可见学生学习根底十分扎实。

徐老师一番总结归纳，一堂课已接近尾声。看似极其平常的一堂教学课，却蕴含着一名教师 20 年的责任感。每一个环节、每一个程序都精心设计。板书简明扼要，思路清晰。每一句话、每一个字，学生都可以联想到来处、作用及要表达的意思。

作为一名听课者，通过徐老师引导、讲解，掌握了字词、作者的思路，景物、活动的描写，感知了一名教师以学生喜闻乐见的方式引导学生自主学习、自主总结的方法。授人以鱼不如授人以渔，告诉他人结果，不如告诉他人学习方法。

（原载 2022 年 2 月 23 日潇湘原创之家）

拄着拐杖上课堂

4月28日，时近中午。华容县操军中学1801班教室里，一位看上去年龄较大的男教师拄着拐杖在给学生上课。他时而在黑板上板书，时而依靠拐杖转身面向学生讲解，他就是已经58岁的彭桂秋老师。

彭桂秋老师1981年6月从岳阳师范毕业至今，在乡镇工作了40年，担任班主任25年。他有句口头禅："学生的学习既要锦上添花，更要雪中送炭。"彭桂秋说的雪中送炭就是关爱潜能生。他有一个不变的规矩，每个双休日总要到一些学生家里去看一看。

注滋口镇党委书记陈飞，只要提起彭桂秋老师，就无比自豪："彭老师真的很负责，我在他家里住了两年，和他儿子是一样的待遇。如果不是彭老师的关心，我不会有现在的成就。"

陈飞是彭桂秋老师的学生，读初中时有点叛逆、喜欢打游戏，家长有点管不住他。彭老师家访了解情况后，将陈飞接到了家里一同吃住。他对陈飞说："学习成绩不好可以慢慢来，但人要立志，有了志向就有了学习的动力。"

彭老师每天晚上都要对他进行辅导，因为长期的坚持和鼓励，陈飞的成绩突飞猛进，高考考上了中南财经政法大学。

"彭老师，是您让我有了读大学的机会，将来工作后我要做一个像您一样充满爱心的人……"这是在北京邮电大学读大四的学生李中曙给彭桂秋老师发来的信息。

李中曙原是一名留守学生，父母长期在外跑长途客运，平时没有时间管理小孩。李中曙没有父母的监管，双休日肆无忌惮地玩耍，上课也心不在焉，学习成绩一落千丈。

彭桂秋主动承担了其父亲的责任，双休日把李中曙留在自己家里，给他做饭，帮他辅导作业。不到两个月时间，他的成绩有了明显进步，后来考入县一中，高中毕业考入北京邮电大学。家长喜极而泣，他们做梦也想不到儿子竟然能考上大学。

彭老师帮助学生的事迹不胜枚举，苏非红的学费、孙宇的营养品、刘中红的医药费……彭桂秋帮助过多少学生、资助过多少学生、家里住过多少学生，他自己已经记不清楚。

2020 年上学期开学，彭桂秋老师患了脑卒中，在湖南省第二人民医院昏迷了 20 多天。病情稍有好转，他心里放不下毕业班的学生，凭着一股对职业的意念支撑，一寸一寸在床上挪动，咬着牙依靠拐杖慢慢练习行走。对常人来说轻而易举的事，对他来说每挪一步都会大汗淋漓。

校长肖爱民去医院看他，劝他安心养病，学校会安排其他老师完成他的课程。彭桂秋老师有些激动："临阵换将，学生和老师都有一个适应过程，这样会影响教学效果，我不会因病耽误学生学习。"

两个月时间内，彭桂秋经过上万次的康复训练，终于拄着拐杖走上了心爱的讲台，兑现了不耽误学生的承诺。

彭桂秋就是这样一位朴实、有着教育情怀与大爱的人。他有几次可以调往县直学校的机会，可他自愿放弃了。他要一辈子扎根在农村，奉献在教育一线。

（原载 2021 年 5 月 28 日《华容教育》）

执着一份事业

2020 年 11 月，华容县第四中学被评为"全国青少年校园排球体育传统特色学校"，荣誉的背后有太多鲜为人知的故事，其中最被津津乐道的要数"潘姐精神"——执着、仁爱、拼搏。

大家口中的"潘姐"是学校体育教师潘利红。潘利红家的经济状况也一般，可她的母爱却浸染到了那些困难学生和专业生的身上。

潘利红打开一条信息："没有潘妈妈的帮助，我就考不上一本……"这是已毕业学生李旭泉发来的信息。他进校时成绩一般，家人也没指望他能考上大学，潘利红却认为他是体育苗子，把他选到了排球队。为了多一点时间学习、训练，潘利红让他住在自己家里，晚上帮他补习文化课，白天加强训练。最终，他考上了衡阳师范学院。

九年级的王羽欣、陈羽婷是现在住在潘利红家的两个学生。说起"潘妈妈"，她们满是感激："潘妈妈很关心我们，每次训练完会给我们烧热水，训练时擦伤了会给我们上药。"

生活中是慈母的潘利红，在训练中却非常严格。在练排球时，最难的动作就是发球。"潘妈妈会给我们不停地演示，有时光练发球就是一个小时。她告诉我们，要想掌握好技术，就不要怕辛苦。"王羽欣说。

潘利红对学生的关爱，学生们都感恩在心。每逢放假，她的学生便会来学校看望她。人少一点的时候，她会下厨给他们做好吃的。

潘利红在平凡的教学岗位上，用自己的一言一行诠释着一个教育工作者的情怀。她把体育课教出了特色，教出了名气，为高中学校选拔了不少专业人才。从 2016 年至今，她带训的女子排球队在全县中小学运动会上已夺取了"五连冠"。

在乡村学校坚守 24 年，潘利红不仅育得桃李芬芳，自己也是收获满满，多次获岳阳市"优秀教练"称号，四次被评为县级先进个人并受到县政府嘉奖。

多年来，也有不少学校抛来"橄榄枝"，但潘利红都拒绝了。"我对四中已经有了很深的感情，能在四中为体育教育尽一份心、出一份力，我已经很满足了。"这是她的本质，更是她的初心。

(原载 2021 年 1 月 6 日《科教新报》)

丹心一片

从事教学工作 21 年，一直担任班主任并承担英语教学工作，她的目标是不让一个学生掉队；她的付出改变了很多学生的命运，自己也获得了岳阳市"芙蓉百岗明星""优秀班主任""优秀教师""华容县巾帼建功标兵""青年岗位能手""教学质量先进个人"等多项荣誉……她就是华容县长工实验学校教师刘丹。

"世间自有公道，付出总有回报。"这是刘丹老师的座右铭，也是她的行动指南。学生从小学进入中学后有很多不适，有了畏难情绪。刘丹会一人一策，发现苗头及时、有针对性地解决问题。

班上的张同学上课不认真，经常不完成作业，行为习惯让人避而远之。家长对他束手无策、听之任之，初中能顺利毕业就是他们最大的奢求。后来家庭又出现重大变故，张同学有了弃学念头。为了预防学生因弃学留下终身遗憾，刘丹一有时间就和他交流，中餐也主动和张同学一起边吃边聊，让他把自己当亲人，有困难随时找她。课堂上对他因材施教，有意提问培养他的信心。

刘丹持之以恒地坚持了三年，张同学最终以优异成绩考上县一中。家长喜极而泣："一个即将颓废的孩子能考上重点高中太意外了，是刘老师改变了孩子的命运，孩子没有因考不上高中而留下遗憾。"

每一个学生都有进取心和自尊心，由于各种因素导致学习能力有差异。面对信心不足的学生，为预防他们出现悲观情绪，影响学习效果，刘丹始终坚持正面引导、鼓励、肯定，让孩子们发现自己的优点，从而变得开朗自信。

班上曾同学的父亲发生车祸后，刘丹在日常生活中发现女孩没有以前乐观了，不爱说话，不与同学交流，上课时常发呆、自言自语。如果不及时疏导，情况会变得越来越严重，人生会因此而留下一些遗憾。

刘丹一边逐个与各科任老师打招呼反馈学生情况，请他们多观察、多鼓励，一边安排与曾同学关系要好的同学陪她聊天、了解她的思想动态。课后刘丹自己与其谈心，在她吃药时给她送温开水，在她不开心时陪她散步谈心，在她学习有困难时帮助辅导。

数日的不离不弃，曾同学脸上终于重新有了笑容，学习更加刻苦，中考时以优异的成绩考上了高中。毕业时她给刘老师写了一封信："您就是我隐形的翅膀，实现了我之前不敢设想的愿望，人生因您而完美，我没留下遗憾。"

刘丹常说帮助学生最重要的是深入了解学生，提前做好预防，时间一长，就会对学生的情况了如指掌，出现苗头就能及时引导。

徐同学小升初分到刘丹班级时，三科均不及格，学习基础很不扎实。刘丹家访了解到家长有重男轻女的思想，对徐同学学习关心很少。为了让徐同学感受到老师对她的重视，刘丹上课经常让她回答问题，运动会让她当服务队长，元旦汇演让她出谋划策……

老师的重视让徐同学信心大增，她学习变得主动，班上事情都积极参与，性格变乐观了，学习有了动力，成绩由年级靠后进步到了中等，毕业时顺利考上高中。

孩子的父亲十分高兴："最初只希望她不要浪费美好青春，没想到因为刘老师工作细致、热情开导，她还有冲刺普高、上大学的机会，我们一家人都没有遗憾了。"

刘丹老师不仅关心呵护每一位学生，不让他们有遗憾，而且教学上大胆改革，形成了自己独特的风格，取得了丰硕的成果。她所教的班级普高录取率100%，英语及格率100%，优秀率90%以上。

有人咨询她教学成功的秘籍，她淡然一笑："爱心沟通，静待花开，一个都不要掉队。"她就是这样丹心一片执着于教育事业、为他人播撒甘露的人。

（原载 2022 年 8 月 12 日潇湘原创之家）

海哥印象

刘绍文

教体局的张海兵，熟悉他的人都叫他海哥。很多年以前我们就认识，因交往不多，对他不是很熟悉，但他的热情、仗义有所耳闻。

2018 年我晋升中学高级教师，需要复印档案资料、农村经历盖章，这才知道海哥是在人事股工作。他对我们非常热情，不厌其烦地帮我们一个个查阅、复印、盖章，没有一点架子，我一直心怀感激。

今年 7 月 5 日至 6 日，教体局组织全县质量检测，我们学校到教师进修学校监考，我是领队，巧合的是海哥担任驻点巡视员。

3 日去教体局开巡视员、领队、保密员会议，我刚坐好，后面就传来一声"绍文"。我回过头，海哥在跟我打招呼，他为人就是这么热情。

5 日我们去教体局领取试卷，海哥早早在等我们。监考培训会上，海哥真诚的话语，获得了老师们热烈的掌声。

在考试过程中，海哥每堂考试都要巡视一遍，工作非常严谨。期间，他接到很多电话，都是有关人事档案调阅的事情，我才知道海哥日常工作很忙，工作内容也比我想象的复杂得多。

通过我们的交流，我对海哥的认识加深，他对自己的事从来不藏着掖着。海哥原来在农村务农，通过自学考试成才，从教师、报社记者、宣传部新闻干事到教体局机关，一路走来，他的经历是很

67

励志的故事。

海哥回忆过去时，感慨万千。他感谢爱人当时对他无怨无悔的支持，才让他有了今天，话里话外透露出对他爱人的深深敬意。

海哥平易近人，我们无话不说，我们也谈到了家庭的事。他说愧对儿子，没有像其他家长一样呵护自己的孩子成长。他弟弟的小孩读初中高中时在他家寄住，却被照顾得很周到。我内心既佩服又感动，海哥的大家庭观念、崇高的品德，让我钦佩不已。

两天的监考任务顺利完成，我和海哥握手告别。次日我收到同事转来的一篇题为《与优秀团队合作是一种幸福》的文章，打开一看，是海哥写的，肯定侨联学校监考团队，其中多次提到我的名字。我看了文章，深受感动，海哥这样抬爱，让我有点羞愧。

我只能从内心表示深深的敬意和感谢，脑子里又回忆起与海哥一起工作的情景。他真诚的话语、热情的工作态度、宽广的胸怀，使他不高大的身影高大起来，心中升起高山仰止的感觉。

（2021 年 7 月 11 日）

朋友之间

12 月 15 日，豪爽、仁义的李总来到我办公室，开门见山，直接委托我替他办一件事情。李总真实名字叫李彬，有自己的公司，生意做得挺大，人脉关系也甚广。可他从来不张扬，一直低调行事，深受朋友喜欢。

与之交往可以随心所欲，说过的话、斗过的嘴出门就烟消云散。李总虽然事业风生水起，却从来不小看我，他会经常打电话问候我。

如若来了县城，便会约上几个知心朋友联络下感情。记得防汛刚刚结束，他非要慰问参与防汛的朋友们。他就这样在日常生活中把简单、普通的事做得让人心里发热，让人惦记。

李总托我办事是出于信任，也包含着友情，无论如何我都必须尽自己能力争取一下。我是一个宁愿自己过得简单也不会轻易麻烦别人的人，如果我愿意肯定是这个人让我信服。

我对李总说："我的能力有限，不一定会成功，但愿意为你破例。如果成功皆大欢喜，如果不成功不能责怪我。"

"尽力就行，我知道海哥的人品，朋友肯定会帮你。"李总很理解我的个性。

我是急性子，事情不办完总觉得心里不踏实。李总一走，我便在脑海中思考着最合适的人选。想来想去，只有卢总这里可以随意一点，成功与否都无伤大雅。卢总是个既热心又有原则的人，能帮他肯定会帮。如果帮不上，他会让你心服口服。

我没有客套，我将事情跟卢总讲了一下。"你们关系怎么样?"卢总关切地问。

"特别要好的朋友，所以才让你帮忙。"我说出了内心话。

"你难得开一次口，我懂你。"听了卢总的话我很感动，能在平凡的岗位上顺风顺水，离不开朋友们的理解、支持。

(2020 年 12 月 15 日)

文雅的徒弟

因工作岗位调整，领导安排我带她一段时间。她勤奋悟性高，很快熟悉业务流程，并能得心应手地处理问题。让我意想不到的是受我影响，她竟然爱上了写作。

她接手档案工作后，将一个月内领导的关心、同事的热情以及自己的感受写成了《坚守，秉承英雄的荣光》发表在《华容教育》和其他媒体。别人眼中单调乏味的档案工作，在她的文章中表现出来的却是充满乐趣与人情味。

她说："这一个月我学到了同事间的为人处世，钦佩他们敢说敢做的勇气、雷厉风行的做事风格、风驰电掣的办事效率、殚精竭虑的行事态度……和平年代，每一位坚守岗位、默默付出的平凡人都是英雄。一个月的时间，我的思路更清晰、方向更明确，也体会到了工作的重要与责任。我将秉承英雄的荣光，在平凡的岗位上默默无闻做好平凡的事情，感受平凡带来的快乐。"

局里组织围棋比赛她毅然报名参加，比赛后发表了《执棋人生》，一盘棋的博弈，她思考了很多的问题，就如她所说："我们或许不能左右全局、未能成就翻盘关键、无法总领时代方向，但只要把自己摆在合适的位置上，演绎专属的社会角色，也能成为棋局中不可或缺的一环、时代涓滴间汇入江海的浮浪。此谓功成不必在我，功成必定有我。时代的棋盘已布局在图，只待我辈青年入座执棋。棋局未定，你我皆是执棋者……"

她的文章告诉我们，每一个人都有自己的角色定位，每一个人的岗位都很重要，只要我们做好本职工作，大局一定和谐完美。

看她的《过期的罐头，无声的爱》，知道她是一个孝顺、懂得感恩的人。文字质朴无华，却饱含深情。奶奶陪她玩，奶奶给她零花钱，奶奶留着罐头，梦中时常想到奶奶。真情实感跃然纸上，顺着她的思绪，奶奶慈祥怜爱的画面引起读者共鸣。

一位读者这样评论她的文章："拜读了吴老师的文章，文字流畅优美，感情细腻真挚。罐头会过期，但奶奶对孙女的爱却愈发浓烈。"我们也从她的文章中体会到了亲情的温暖，更懂得如何去珍惜、守护亲情。

她也是一个天真活泼的年轻人，一样喜欢收拾打扮，也有一颗幼稚的心。一场跨年烟花回到了童年时代，一支支烟花的燃放让她欢呼雀跃，也留下了她的《跨年，我们有了新期待》。

她在文章中表达了自己的心境："我与旧事归于尽，来年依旧桃花开。"文笔流露的现场感让读者对未来产生无限憧憬与期待，也给她带来了很多赞美之词。

徒弟有如此文雅的爱好，我很是欣赏，一直持鼓励的态度。我曾问她："同龄人都在享受当下美好的时光，晒着美食与靓丽的照片，你转发的都是自己的文章，怎么会执着一条与众不同的路？"

"师傅的写作经历给了我很大的启发和勇气，我以前也没有信心写作，也不敢去表达。我希望能通过写作，多抒发正能量，传递'人间值得'的理念。"她说出了自己的内心。

徒弟写文章高效、精练，所获赞誉不断。可她总是保持谦虚的态度："我初步感受到了来自文字的力量，带给读者美好的感受，自己亦会觉得灵魂更加充实、精神更加愉悦，有一种满足感和自豪感。"读徒弟的文章，也触发了我写《有一种成长叫谦虚》等多篇文章的灵感。

（原载 2023 年 1 月 7 日潇湘原创之家）

皓皓好可爱

　　他昵称皓皓，今年 5 岁，读幼儿园。我初次与皓皓交流便发现他活泼、聪明、大方，说话口齿清晰。我捧着他的小脑袋轻晃几下，他会呵呵大笑，一点也不生分。我欣赏他与人相处的能力，这个小可爱不简单。

　　小可爱到办公室来了几次后，我们成了亲密无间的好朋友。他每次来只要打开电梯门，五楼就会听到他幼稚的声音："我来了。"然后直冲我办公室。进来后也顾不得客气，冲我会心一笑："今天可以变零食？"

　　"变零食"是我与小可爱的默契，只要他来，我会将饼干、糖果等变戏法似的摆在桌上。其实就是我事先将零食放抽屉里，等他一来我让他闭着眼睛，装模作样挥动双手，然后从抽屉里"变"出零食。他表面上双手遮盖眼睛，实际上他的目光透过手指缝隙在看我的行动，所以他知道食品是我从抽屉里拿出来的，只是"大智若愚"般不说破，等着下次变戏法的机会。我知道他掌握了规律，便将食品换地方收藏，他没有找到才会让我"变零食"。

　　小可爱特别逗人喜欢，他坐到我膝盖上，我会问他："今天想变什么零食？"

　　"昨天说的变芒果啊。"他记忆很好，我昨天确实问过他。

　　"那你这次要闭好眼睛，今天再偷看就变不出来了。"我逗他。

他很认真地闭上了眼睛。我拿出了事先准备好的芒果干，他拿在手上看了看，没有撕开的地方。小可爱环视了一下桌子，看到有一把剪刀。他剪开了封口，然后开心地举起小手给我看："我没剪到手。"

皓皓数了一下，芒果干共有四块，然后他对芒果干进行分配，妈妈一块、伯伯一块、阿姨一块。像这么小的幼儿，看到食品一般会独占，他却考虑着别人，实在是太可爱了。这样的人走入社会必定很大度，人缘特别好，往往容易成功。

幼儿都好动，这是天性，皓皓也不例外。他时而奔跑在走廊上，时而坐在我身上。我逗他："玩过游戏没？"

"玩啊。"他天真无邪。

"那你玩给我看？"我想想试试他。

"要下 APP。"他对我说。

皓皓语出惊人，我 out 了，我不会玩也不会下载。他开始敲击键盘，时而用双手，时而用单指，时而在汉字区，时而在数字区。他不像其他幼儿循规蹈矩、墨守成规。他尝试着每一个键的作用，敲击出了汉字、字母、数字、符号。他见敲击出来的字符上不了文档，他就用鼠标在字上点一下，字就跳到文档上了。无人指点，他却尝试了鼠标的作用，真的是天资聪颖。

小可爱自己敲击出来的字他认得不少。他将"我""月""山"等字读给我听。我问他："这些字是老师教你的？"

"不是老师，是妈妈教的。"他回答我。

"是怎么教你的？"我继续问。这么小的幼儿认得这么多字，我好奇他怎么记入脑海的。

"妈妈指着图画教的。"小可爱说出了他认字的方法。不知不觉，小可爱用电脑敲击了一页，有拼音、有汉字、有数字。他拿着打印出来的成果，一路飞奔："妈妈，我会打字了。"

小可爱不仅乖巧讨人喜欢，还特别自律，每次来跟我玩一会儿就去妈妈办公室画画、做简单的数学题或讲故事。

皓皓很有天赋，看什么一学就会。我看过他一段跳舞的视频，轻松、自然，富有动感与美感。我以为他参加过培训，原来只不过是他看小朋友跳了几次就学会了。

皓皓年龄虽小，学的技艺可不少。他参加了围棋、篮球培训，他陪大人下棋游刃有余。我们不说他技艺多强，这么小就能专注去做事已经很不简单。

谚语说三岁看小，七岁看老。这么幼小就如此聪慧、大方、活泼，与人相处毫无顾忌，新时代成人需要的素养在皓皓身上开始彰显，他的未来一定很有成就。

（原载 2022 年 11 月 2 日潇湘原创之家）

想起易主任

易主任是华容县公安局原党委委员、政工室主任。清明节，想起了易主任，他曾给了我很多帮助。

那年，我高考落榜，心灰意冷地回到老家，开始日出而作、日落而息的务农生活。

我知道，在这样的环境中，曾经怀有的警察梦、记者梦是没有希望了。落寞一段时间后，不甘心这样过的我开始学习写稿、投稿。由于没有写作基础，刚开始，投到报社的稿子都石沉大海。

为此，我自费订阅了《岳阳晚报》《新闻与新作》等报纸杂志学习。随着时间的推移，报纸看得多了，从在《岳阳晚报》上逐渐熟悉了"易文松"这个名字。当时，他的发稿率很高，写的都是华容公安局的新闻。我猜想他应该是华容县公安局的民警。

于是，我冒昧地给他写了一封信，请教写作和投稿的一些知识。没有想到，几天之后，我便收到了他的回信。在信中，他认真讲解了写作的基本常识以及如何掌握写作的角度和新闻亮点。

根据易主任指导的方法，我采写了《坝上派出所联防队二三事》新闻稿。很快，稿子便在当年的《岳阳法制报》上刊登了半个版面。这篇新闻见报，一下子提升了我写作的信心。

后来，我陆陆续续又采写了乡政府、坝上派出所十余篇新闻稿件，每篇都见报了。

和易主任见面，源于自己曾经的警察梦。

那时，我知道当警察的梦想难以实现，想着当一名联防队员也挺好的。

我再次写信给易主任，讲了自己想当治安联防队员的想法。我的这个要求，他也爽快答应了。

1995 年 9 月的一天，我懵懵懂懂来到了华容县公安局，想见他一面。当我向门卫打听他时，一名正准备出门的中年民警转过身来，打量了我一番："没猜错的话，你是张海兵吧？我就是你要找的易文松！"我既惊讶又惊喜，没有想到这么巧合地遇到他，而且他一眼认出了我。

"我正好去插旗派出所送蒋教导员上任，事情办完后我送你去坝上派出所当联防队员。"随后，我便上了他的车。

办完插旗派出所教导员交接事宜，他专程送我到了坝上派出所，热心将我推荐给彭革锋所长。

离开派出所时，他反复叮嘱我："好好干，是金子总会发光。坚持写作一定会有所建树，一定会实现当记者的梦想。"

受易主任的教诲与鼓励，我一直笔耕不辍，渐渐成了当地小有名气的"土记者"。特别是得到乡政府和"七站八所"领导的信任与重视后，大家主动联系我提供新闻线索，信息来源更广，新闻稿件也开始由市报到了省级报刊。

稿子写得多了，引起了时任华容县委宣传部副部长刘子华的关注，他通知我参加县委机关报记者的招聘考试。

几经努力，2001 年 5 月我成了《华容报》社的一名正式记者。2003 年 6 月，我被安排到县委宣传部担任新闻干事。

时隔几年，在一次与朋友小聚时遇到了易主任的儿子。当我得知易主任患病去世的消息时，眼泪夺眶而出。

这些年，无论是在宣传部门还是教育部门，我一直坚持写作，而且小有成就。我知道，这一路走过来，正是因为易主任的指导、鼓励和教诲，让我有了写作信心，有了前进的动力。

（原载 2021 年 4 月 7 日《岳阳晚报》）

第二辑

步履留芳

在这里工作挺好

清晨，在做好一天在外的准备后，朱晴出发了。今天，她要前往的地方是华容县的禹山镇。

从 2000 年开始，华容县教育体育局实施机关干部联系点机制，要求办联系点的股室人员不仅每学期开学后要下校检查开学工作，平时也要适时到联系点开展听课评课、食堂卫生、校舍安全检查等工作。作为华容县教育人才就业服务中心的副主任，朱晴已是第 18 次深入农村学校开展工作了。

第一站，朱晴决定先看看地处偏远、交通不便的建华小学。驱车 40 多分钟，朱晴到达目的地。原本以为村小多少有一些破旧，但建华小学的南侧校门外是一条水泥公路，其他三个方向被教学楼、师生食堂、教师宿舍围起来，闭合的校园让人感觉十分安全。顺着教学楼拾级而上，远眺有山相依，周围满是竹林翠树，尽显幽静之态。

在会议室里，朱晴一边翻阅资料，一边了解教学、食堂、安全等情况。就在这时，学校教导主任徐黎走了进来，两人便聊起了家常。

"在这里工作满意吗？"对于答案，朱晴有些忐忑。毕竟徐黎是一位 30 岁的年轻女老师，虽然是本县人，但家里距学校 18 公里。去年才来到建华小学，这偏远乡村对她来说能有多大吸引力呢？

"这里山清水秀、鸟语花香，吃的是绿色环保的蔬菜，在这里工作挺好的！"迎上朱晴将信将疑的眼神，徐黎又补充道："要说困难，只希望寝室里能改造一个洗手间，女孩子晚上起夜胆子小。"

听到此处，朱晴提出去徐黎的寝室"探探风"。这间房虽然只有十几平方米，但配有高低床、书桌、衣柜等家具，加上徐黎的巧手，寝室虽然简陋，但温馨舒适。

2015年，学校通过"五小工程"建设，基本保证了外乡、外地老师的生活要求。寝室大多两人一间，供老师免费居住。但浴室和洗衣房设在了寝室之外的公共区域，对女老师来说，多少有些不方便。

"要在寝室隔出洗手间，还需要一笔资金呀！"朱晴默默地将问题记在了本子上。

走出建华小学，前往相隔15公里的终南中学。此时正值下课时间，学校小卖部门前簇拥着七八个同学。这几个孩子虽然哄哄闹闹的，但他们打开零食袋后，都将包装扔进了垃圾桶内。"学校的养成教育做得不错，不知道其他工作怎么样？"带着疑问，朱晴来到会议室，桌上一摞资料引起了她的注意。

朱晴查看了读书活动、帮扶计划、家庭工作、常规检查、保学控流等10多项资料。打开帮扶计划，爱心人士唐杰华捐助的一万元现金分别转账到了5名学生家长的银行卡上；打开读书计划，老师们所读书目、月份都记录得清清楚楚……

"在农村待了30年，想不想调去县城？"在南山中学，朱晴见到了50多岁的段志祥。因为其妻子在岳阳市区工作，要经常两地往返，朱晴才提出了这样的问题。

"我对这里有感情，农村学校留守儿童多、底子薄，在这里工作更有意义、更有价值。现在交通方便了，回一次家不难，在这里工作挺好的。"段志祥回答道。

聊起在农村教书的价值，南山中学校长魏忠仁自豪地说："去年年终目标考核，我们镇获得了包括'乡镇政府综合评价先进单位''南山中学综合考核先进单位'等在内的全县四个一类，这是禹山教育人的重大突破。"

这一天，朱晴还跑了鱼口学校、南圻小学、三合小学……总共11个学校。这一幅幅乡村教育的新画卷，以及老师们异口同声的"在这里工作挺好的"，让朱晴看到了乡村振兴的希望。

（原载 2021 年 8 月 8 日《湖南教育》）

非凡的一年

9 月 4 日上午，我接到人才中心戴方栎主任试用期转正的会议通知，才知道工作太充实，一晃到人才中心已经工作一年了。

2019 年 8 月，戴勇和我被安排到教育人才就业服务中心任副主任。加上跟岗学习的陈岳鹏，人才中心一共 4 个人。戴勇负责职评、招聘、岗位设置，我从事人事档案管理。

戴勇来之后第一件事便遇上职评工作，8 月 29 日召开职评大会，9 月 11 日就向市人力资源和社会保障局报送了中级教师职称的材料。9 月 16 日又开始高级教师职评材料审核，11 月 23 日又按规定组织高级教师面试。一切紧锣密鼓，忙而有序。

11 月底办公室通知做好搬迁到新机关的工作，档案室难度最大，14000 余盒人事档案，几十年的文书，全县民办（代课）教师申报材料，原人才交流中心文书档案……

戴方栎主任从安全角度考虑，决定人才中心自己动手清理。4 个人用了近一个月的时间才将档案分门别类打好包，只待转运。

2020 年 1 月 29 日，人才中心全员参与防疫执勤。从驻守小区到驻守路口，到责任楼栋，先是三班倒，后是每天上门排查一次，坚守 55 天没一个人请假。

我们稍微空闲一点还会去办公室办理教师查档、调档相关事情。局机关搬迁前就下发了通知，档案打包后暂不办理查档调档手续，可总有调动的教师急需找到本人档案。面对他们的诉求我们只能大海捞针似的去翻找，查到一本档案必定是大汗淋漓。

4月15日，局机关搬迁正式启动，档案室是第一批转运。人才中心所有人不放过任何一个细节，紧盯每一捆档案上车，护送每一捆档案上楼。4月20日，新机关正式办公后，我利用一个月的时间将人事档案重新编号上架。

进入7月，高考、学考、中考忙碌了近20天。刚刚下考场便接到上长江大堤防汛的通知，驻守了15天才从防汛大堤撤离。

新教师招聘、城区教师招聘都集中到了8月。拟定招聘方案、报局长室、报县政府、召开联席会、送岳阳市人力资源和社会保障局备案、挂网。

走完所有的工作程序，又得按时间节点组织报名、资格审查、组织考试、阅卷、面试、体验……之后城区教师招聘拉开帷幕，报名、考试、面试、择校……每一个环节井然有序，无一失误。

"工作充实一点好，有成就感。"这是戴方栎主任常说的一句话。虽然工作很忙碌，但人才中心也是喜事连连。戴勇被提拔为校车办主任，陈岳鹏被提拔为插旗中心小学校长。我年度考核被评为优岗，获得"敬业标兵"荣誉称号，这也是我工作以来最不平凡的一年。

（2020年9月4日）

第一次讲话

以前办联系点有人负责，我不用操什么心。今年人员调整，我只能硬着头皮上了。

联系点安排在禹山镇南山中学，按常规暑假学习班上办联系点的同志要作一些讲话。为了不因我个人素养影响机关干部形象，只能临阵磨枪。我反复学习暑假行政骨干学习班局领导讲话精神，掌握方向，明确工作重点，以此提升自己说话水平。

通过学习、领悟，拟了一个《把学校当家庭　把同事当兄妹》的发言稿，主旨是学校行政人员要爱护老师，老师要支持学校工作，都要注重自己身体，关爱家庭。

9月10日，我应邀步入禹山镇乡政府大礼堂，气氛热烈、庄重。上半场颁奖程序走完，下半场领导讲话，有校长、办点干部、镇党委书记。轮到我讲话时已经是11点，后面还有党委书记要作重要指示，我五分钟之内要完成讲话。

我把老师们当兄弟姊妹，没有客套，结合自身工作、生活实践谈体会、聊家常。没有理论阐述，只有事例印证。老师们思想放松，偶尔会传来交流声。

可能是平时锻炼太少，想让自己放轻松一点，总感觉自己表情有点严肃，说话语速也快。越说越率真，甚至将讲话稿搁置一旁，直言不讳一些教育现实。话刚讲完，掌声经久不息。不知道是老师们感受到关心，还是出于礼貌维护我的体面，抑或是鼓励我第一次上台讲话，他们才毫不吝啬自己的掌声。

后来在一次聚会上，禹山镇党委书记付祖云对我师傅说："不愧是名师出高徒，你徒弟讲话有水平。"

第一次讲话很在意是否影响机关干部形象，我与几位微信好友联系，请他们实事求是反馈情况，促进我以后提高。有人说讲得太实在了，有人说很接地气，也有人说与众不同。

一次讲话虽是机关干部办点工作惯例，但对我来是一次磨炼。只有大胆尝试，才能超越自己，让自己逐渐变得沉稳、优秀。

（2020 年 10 月 9 日）

第一次汇报

　　11 月 6 日中餐时，局党委委员、副局长杨宏发叮嘱我下午三点在党委会上汇报人事档案"清淤"工作，并对这项工作"操盘"。上党委会汇报是大事，于是我匆匆上楼准备。

　　如何"操盘"？要有一个详细的方案，领导才好拍板定夺。我精心构思出了一个汇报框架，正准备开始敲击键盘。朱晴看到我："海哥，中午又不能休息了。"

　　"没有汇报过，腿子都发抖。"我回复她。

　　"你什么世面有见过，相信你，加油！"美女一鼓励，顿时增强了信心。

　　下午进入会议室，不知坐哪里好。长方桌两边都坐了局领导，东西两头又坐了股室负责人。杨局长朝我挥挥手，示意我坐到他身边。跟他相处的时间长了，知道他大度、体贴，顿时心情平缓了很多。

　　汇报开始，很少客套的我，竟然也"逼"出了两句客套话，随心所欲的性格也稍收敛了。平时虽然与领导们在一个大厅吃饭，电梯上经常遇到，到了党委会议室感觉气氛与日常有区别。

　　因为临时上会，加之我又没经验，只带了两份实施方案草稿。轮到我汇报时，领导们只能听、用笔记。杨局长考虑问题周全，他将我多带的一份递给党委书记、局长包金跃。领导看到文字，表态时思路更清晰，我很佩服杨局长的缜密。

花了近三小时写的材料，汇报仅用了 10 分钟左右。我担心烦琐影响下一个议程，便简明扼要地做了概括。听完我的汇报，包局长开始讲话，他概括了档案工作的过去与现在，肯定了档案工作所做出的成绩，对我个人进行了表扬。

之后包局长话锋一转："档案工作一个人确实忙不过来，按照中组部人事档案管理条例，必须充实力量。"这是我从事档案工作 10 余年听到的最温暖的话，顿时眼眶湿润了。这次汇报让我明白了一个道理：善于汇报、借助集体力量比一个人埋头苦干重要很多。

（2020 年 11 月 10 日）

纪监组的公函

4月6日，驻县教体局纪监组副组长郭红等人手持公函来到局人事档案室，他们按照档案查阅流程办理手续后，档案管理员及时协助复印了相关人员的人事档案资料。

在10余年的人事档案管理实践中，总有一些人认为查阅档案走审批程序是小题大做，过于严谨。甚至有人说自己的档案为什么自己不能查阅，这是人为设置障碍，有悖于"方便群众办事"原则。我只能与其反复解读《干部人事档案工作条例》，说明干部人事档案是党的重要执政资源，属于党和国家所有，不归属于个人。

人事档案管理是一项严谨的工作，有专门的法律、条例来规范与操作。中共中央组织部修订的《干部人事档案工作条例》就明确了人事档案的接收、整理、调阅、转递等环节的操作流程。不管是单位还是个人，都必须走审批程序。

驻教体局纪监组发现经常有人想不走程序查阅档案，档案管理人员每次都不厌其烦地解读法规、制度。于是，他们默默地用自己的言行支持档案工作，带头持公函调阅档案。

接过郭组长递来的公函，我带着敬意对她说："感谢支持。""制度是用来规范的，你坚持原则做得很好，我们纪监组做你的坚强后盾。"郭组长的理解与支持让我无比感动。

郭组长还现场对查阅档案的教师进行宣讲："档案涉及个人隐

私，规范程序也是对当事人负责。查阅档案必须由单位派出两名共产党员并持介绍信，填写审批表后方能查阅。"

"我们真的不知道档案管理这么严格，说真心话，档案越规范我们越放心。"在场的一位老师听郭组长讲完操作流程后表示了理解。

"没有规矩，不成方圆。制度是用来规范我们工作操守的，不能任性，要一视同仁。"郭组长的贴心让我感到很温暖。

纪检监察机关持公函调阅档案看似一件简单的事，却承载着对工作的严谨和对制度的敬畏。有他们的垂范与支持，人事档案管理工作必定会越来越规范。

（2021 年 4 月 8 日）

防汛偶拾

凌晨两点，轮到我们防汛值守接班。我洗了把脸，带上手电筒便往楼下集合。

下得楼来，党委委员、副局长何军已经在一楼等候我们。他一一清点人数，查看所需物品是否带齐，又叮嘱了一些注意事项，细心又体贴。

何局长是我们这班的带队负责人，他是一个如兄长般的领导。因为他平易近人，我会主动打招呼，偶尔也会和他聊聊工作、生活。

当看到何局长提前在楼下等我们，我说："何局长没睡啊？"

"你上堤我也上堤。"何局长有点严肃。

"那不一样，你是领导我是兵。"

"既然是领导，那就更要带好头。"这就是何局长的风格。

熟悉他的人都知道，他自己不经意或习惯的行为让人很温暖。昨晚巡逻查险换班时，我们的路程最远，等我们赶到就餐地点时其他人已经吃完晚餐，何局长依然空着肚子在等我们。

饭店老板送来了切好的西瓜，份数不够。何局说："海兵你吃，你在一线辛苦了。"

巡逻查险确实很辛苦，白天酷热，晚上蚊子叮咬，长时间黑夜白日轮流倒班让人很憔悴，一块西瓜却沁人心脾，也没有了疲倦之感。

（2020 年 7 月 22 日）

一张表格显方略

　　8 月 27 日上午，我因参与面试工作再次来到了城关中心小学。这所学校我之前办联系点、参加招聘考试、人事考察时来过多次。通过日常观察与交流，我对这个学校的班子成员、处室主任及教师都可以快速"素描"。

　　熊燕副校长视野开阔，做事忙而有序。她与人才中心联系较多，每次布置的任务都能高标准完成，我经常说她做事"撩干"。杨明剑副校长任何时候都是满脸微笑，负责业务那是行家里手，教学质量抽查是常胜将军。他从不以此为傲，低调而富有内涵，一手漂亮的硬笔书法更让人心驰神往。钟伟副校长年富力强，对人彬彬有礼，一声"海哥"让人心甜如蜜。德育主任夏芳心思细腻，她关心同事会细致到不声不响带来早餐。教导主任方勇军，我们是两个考务工作的"老伙计"，交办他的事不用操心，一切妥妥当当。后勤处的古正水经常是满头大汗，任劳任怨。付前喜老师依然是那样腼腆、敬业，受家长称赞。

　　一个单位管理是否规范、是否齐心协力、是否有团队观念，从很多细节便会看出端倪。记得人事考察的时候，进入学校会议室时就发现桌上每个行政干部的政治笔记本、业务笔记本、听课记录本、会议记录本、教案整整齐齐摆放在桌子上。

正在遐思这所学校管理规范、班子团结时，遇上新任校长吴庆峰。第一次见面时，他在治河中学任副校长，当时只有一面之交，发现他为人谦逊，做事很麻利，由此我记在了心里。他到鲇市中学当校长后我们偶尔见过几面，他依然保持质朴的性格。

我主动与吴校长打招呼："还没有开学，校园清扫一新，是你们行政干部自己动手扫？"

"劳动锻炼身体，又能凝聚战斗力，还能给学生与家长一个干净漂亮的环境，很有意义。"吴校长笑呵呵地回答。

原来，暑假骨干培训班结束后的第一天，学校行政班子、处室主任提前上岗清扫卫生，拟定各项工作计划，为教师大会提前做准备。

"到办公室坐坐。"吴校长向我发出了邀请。进入办公室，物件摆放井然有序，可见主人是个很注重细节的人。在他热情上茶之际，我见桌上有一个校委会成员分工明细表。

"这个是你亲自拟定的？"我拿着分工表向他问道。

吴校长见我有兴趣，便向我介绍道："我来学校后，逐个和班子成员、处室主任，进行了交流，了解了他们各自的工作，在此基础上我细化了一些事情。"

吴校长一提醒，我再认真细看分工表，从校长到班子成员、处室主任，每一个人都有具体分工内容，详细到对口联系的机关股室。一眼便知哪件事由谁负责牵头，谁具体来落实，这样就不会出现衔接不紧、落实不到位、互相推诿的现象。

"分了工，明确了职责，这只是大的方向。"吴校长停顿了一下，继续说道。

"你这个分工表还有玄机？"我问他。

"当然有了，我们每条线都有侧重，每条线都要创一个品牌特色。"吴校长信心满满。

我相信他的能力与魄力，分工表上"家长学校"怎么创特色，"书香校园"怎么创特色，甚至开展一个什么样的课题研究等都有明确的方向与责任人。一张看似简单的分工表，却隐含了吴庆峰校长的治校方针与管理谋略。

（原载 2021 年 9 月 28 日《华容教育》）

让阅读成习惯

在马鞍山实验学校办联系点，发现每期开学都有一个固定的读书分享会。分享的过程中我感受到了老师的收获与学校师生精神风貌的变化。

刘巧老师是一名"90后"，教书不足十年，上台时干练稳重、朝气蓬勃。她分享的书籍是《为未知而教　为未来而学》，打开PPT，一幅美丽的图景映入眼帘，随着背景音乐响起，她从作者、书籍内容、心得体会一一阐述，思路清晰，条理清楚，受听者轻松而学。

全书共八个部分，每一部分都有简明扼要的提纲，是熟读全书的点睛之笔，也是热爱教育、执着教育事业的人才会有的思索与探究。她的反思不仅使自己学有收获，而且触动了在座教师思考如何做一名新时代的合格教师。

欣赏着刘老师制作精美的PPT，伴随着她清脆、具有磁性的声音，不知不觉分享了一本好书。我们在较短时间内感知了一本书的精华所在，也知道了她阅读后的所思所悟及今后努力的方向。

正如刘巧所说："希望我们的教育最终能培养出一个个具备综合能力的人，他们可以更好地应对自己的个人生活和人际关系，扮演好家庭角色、公民角色、工作角色。如果走在大街上的芸芸众生都能够灵活而敏捷地处理问题，那么我们的社会该多么不一样！"

紧接着程娟老师上台,她手臂一挥:"马鞍的伙伴们,我想你们了!"幽默风趣的开场白道出了老师们的心声。因为相处融洽,哪怕只是一个寒假的短暂分别,教师之间依然是心心念念。这是一个有温度的集体,是一个有凝聚力的团队。

程娟老师说:"如果用一个词来总结我的寒假生活,我想那一定是'欢喜'。不仅是因为我吃了美食,陪伴了家人,更多的是我遇上了《遇见阅读的欢喜》这本好书。"

刚放寒假,程老师就做了阅读书籍的安排。她需要阅读带给自己欢喜,思考一些问题,让自己和孩子们都在不断学习的过程里,为未来的生活做好准备。

我问程老师:"现在很多人不习惯读书,热衷于娱乐活动,你读书费神费时值不值?"

"读书破万卷,下笔如有神。黑发不知勤学早,白首方悔读书迟。这些诗句都说明了读书的重要性。对我来说,阅读能丰富和提升自己的专业知识,在阅读的时间里、在未知的领域里,即使我们的脚步不能踏上,我们的心已然往之,会因收获了跳跃在字里行间的欢喜,雀跃不停。"程老师对自己阅读的收获言之不尽。

马鞍山实验学校为鼓励教师阅读,精心为教师选购了教育教学、心理健康、社会科学等书籍。课余闲暇时可进入阅览室阅读,静处一隅,凝思独想。

学校也积极引导学生阅读,在文化长廊开辟"读书乐园""好书推荐"专栏,有阅读方法介绍、班级读书活动剪影、优秀读书征文作品,让学生时时体验读书乐,处处闻到书香味。

每天中午"阳光直通车"广播站开辟"读书俱乐部"时间,由同学们推荐优秀书籍,展示阅读写作才能,分享读书收获。学校把每年的10月定为"校园读书节",期间开展书签制作、读书手抄报比赛、经典诵读赛、优秀读后感评比等，评选出"书香班级""书香教师""读书小状元""书香家庭"。

罗勇校长对学校师生的阅读习惯有感而发："鸟欲高飞先振翅，人求上进先读书。阅读可以让自己站得更高，看得更远，能反思不足，提神醒脑。"

（原载 2022 年 3 月 28 日《华容教育》）

一场读书会

"五四"前夕，我同三位教育专家参加了操军中学组织的青年教师读书座谈会。半天的所见所闻，青年教师勤奋读书、提升教学质量的拼劲给我留下了深刻的印象。

操军中学为营造书香校园氛围，在青年教师中开展了读《论语》《给教师的建议》等书籍的活动。邀请相关专家与青年教师交流，为他们解惑释疑。在这次读书座谈会互动环节中，一名中学女教师率先发言："请问专家，我写心得为什么总感觉没有东西写，也写不长?"

我迅速在脑海中归纳整理，条理清晰地给予解答。首先必须有良好的心态，热爱本职工作，有了兴趣才会认真地去做好每一件事情。其次，要认真分析你读一本书或教一堂课学到了什么，对照自己有哪些不足，今后将怎么去做。有了体会，有了真情实感，写心得才言之有物，才有所收获。再者，写心得体会不是一挥而就的，必须持之以恒，日积月累，形成了习惯也就有了兴趣，自然会有感而发，写的心得体会自然就能写长了。

来自村小的一名教师接着提问："我为学困生想了很多办法，也尽了力，为什么收效甚微?"

一位中年专家给予解答。学习是一个连续的过程，基础很重要，正因为基础不牢，才有了学困生的存在。对于学困生，教学中不要急躁，可以多一点时间进行个别辅导，吃大锅饭式的教学是难让学

99

困生成绩发生转变的。

稍停，中年专家继续补充，教师的态度也会决定一个学困生的学习态度，因而对学困生要倾注更多的耐心与爱心，多一点赏识教学，多发现他们的闪光点，多一些鼓励，这样学困生得到老师的信任与鼓励，才有学习的动力，才会去改变自己。

"怎样才能写好导学案？"一位女教师举手提问。

一位年长的专家给出了答案。他说写好导学案要精确到每个时段、每一堂课，我所在的学校就是因为坚持写导学案，教学质量有了明显的提升。

青年教师接二连三地发问，"我是教小学语文的……""我是教小学数学的……""我是教初中化学的……"场面好似答记者问，一问一答让人亲切释然。

活动快要结束时，年长的专家想了解一下青年教师业余都在干些什么，是不是把心思用在专业成长上。

他问："在座的青年教师有没有做微商的？"近 40 名青年教师异口同声，无一人做过微商。他们课余要么是备课、批改作业，要么是同事之间相邀小坐，商讨教学方法。

年长的专家继续发问："社会上'90 后'有不少做微商的，你们为什么不利用聪慧的头脑和社交平台去尝试一下呢？"

"钱多钱少够用就好，我们认为在一行就要爱一行专一行，干出成绩来才不愧自己的青春。何况肖爱民校长有大人才观，只要我们有了成绩、有了名气，就会有更好的发展平台……"

青年教师你一言他一语，气氛十分热烈。一场读书会不仅看到了青年教师读书的成果，我脑海中也留下了他们勤学、乐学、善思的身影。

（原载 2020 年 5 月 28 日《华容教育》）

"三立"见成效

一类班子，民主测评优秀率90%以上的单位；

一类干部，班子深入一线上课做得好的单位；

有思想、重执行的好校长，下深水、带头干的好干部，质量检测小学类评价A类……

8月24日，全县教体系统行政骨干暑假学习班上，北景港中学一项项殊荣夺人眼球。

北景港中学如何能取得如此令人瞩目的成绩，让领导大加赞赏、同事刮目相看？平时说话不多的柳军红校长直入主题："得益于抓'三立'工作，教风好了，学风浓了，奉献精神强了，学校各项工作有了明显的变化。"

今年6月到北景港中学进行人事考察，这所学校就给我们留下了很深的印象。进入会议室，桌上整齐摆放着迎检资料。走近一看，封面上分别写着学生立志材料、教师立德材料、干部立功材料，分门别类。一眼就可以看出学校对工作的重视与细致，这种习惯应该是长期坚持的结果。

内容是否华而不实？带着疑问，我随机翻开学生立志材料，映入眼帘的是北景港中学学生立志方案。下面附了不少活动项目，有每周劳动安排、书画比赛、演讲比赛、写作竞赛、观看爱国主义电影、爱国歌曲比赛、优秀学生评比……细致到每一项内容都有目录、页码，随时可查到想知道的内容。

这些资料是不是为了应付检查刚刚才做好的？我随机抽查一次写作竞赛，有方案、有评委、有学生作文、有获奖学生的名单、有颁奖照片、有活动总结。一套活动流程下来一个项目也不少，有始有终。再抽书画比赛，资料如出一辙的翔实。

教师立德是否弱化一点？认真查阅立德方案、青蓝接对、粉笔字比赛、教学比武、读书比赛、青年教师培训、争创"四有"教师演讲比赛、走访困难教师、户外拓展……

继续翻阅干部立功资料，立功方案、行政听课评课、质量评价、行政包校……每一项都有目标，有督查，有结果。于是我向带队的局领导汇报："北景港中学可以作为'三立'教育的典型。"

（原载 2020 年 9 月 28 日《华容教育》）

格局彰显素养

9月16日下午5点20分，我拨通了教师发展中心附属中学值班校长的电话："你们明天能否安排教师来整理档案？"

"好的，明早准时报到。"他的回复雷厉风行。

临时安排工作是事出有因，他完全有理由推脱。可他们说干就干，不能不说学校领导格局大，站位高。

此前，总有一些单位感觉人员调配不过来，希望安排到空闲一点的时间。同样不是暑假、寒假，有的单位毫不含糊，接到通知立马安排精干力量，用最短的时间完成本单位的工作。其实没有哪个单位有富余人员，每个单位派人来都是统筹安排。

档案整理是上了局长办公会的，党委书记、局长龚成明已三顾档案室询问工作进度，指示务必按时间节点完成任务。党委委员、副局长杨宏发不时过问，叮嘱观察各单位工作细节，掌握正反典型，工作结束要下发通报。局领导如此重视档案工作，作为具体执行的人只能紧锣密鼓有序安排。

纵观工作开展以来的现况，一个领导的决策不仅体现一个单位的站位与格局，也会给人留下不同的印象。

教师发展中心附属学校社会反响越来越强烈，很多家长舍近求远要将孩子送到这里就读，这与一个学校的领导办事风格有着千丝万缕的关系。

领导办事雷厉风行，教师也会不甘落后。我认识的一位老师原本体型丰满，从乡镇招聘到这所学校工作一年后，和她再见面时已经很苗条了。问及原由，她说："这里的行政与老师太拼了，如果有老师偶尔请假，其他老师都要抢着课上。不勤奋就会落后，只能跟着拼了，不瘦才怪。"

这就是一个单位的格局，其身正，不令而行。

（2020 年 9 月 17 日）

插旗开学有蛮嗨

　　8 月 29 日，插旗中学暑假学习班上，镇党委书记王鹏掷地有声："镇党委、政府一如既往对教育高看一等，全力支持中心幼儿园建设，我们也相信新校长一定会带来新气象。"这是党委、政府对教育的重视，对年富力强的新任校长綦超给予的支持。

　　綦超刚从操军中学德育副校长提拔为插旗中学校长，我们之前交往很少。时间稍微长点的一次见面，是我在操军中学参加读书活动的时候。他一直保持谦虚谨慎的态度，很有亲和力。我喜欢与这样低调、有内涵的人交往，因而对他多了一些关注。

　　今年暑假局党委对提拔股长、校长的方式有了创新，采取考试、演讲、答辩、党委研究等方式进行。綦超很珍惜这次锻炼的机会，他认真回顾了过往，总结了工作得失，精心准备演讲稿并多次修改，直到文句精练了、观点鲜明才满意。

　　他的想法是要么不干，干就要干得优秀。演讲前綦超郑重其事地请同事当"评委"，让同事指出自己还有哪些地方不足或者怎样可以发挥得更好。事先的准备让他信心更足，他的演讲获得了高分，答辩得到了评委一致认可。众望所归，他被任命为插旗中学校长。

　　我是负责人事档案工作的，除了对办联系点的单位关注多一点，与其他学校联系较少。这次是被插旗中学学习班"嗨"起了兴趣，教师暑假学习班上党委书记、镇长、分管文教的负责人悉数出席，这样的情况并不多见，对新校长上任如此重视更为少见。

綦超校长上任第一天，他就调研了全镇教育情况，摸清了家底，明确了方向。第二天便逐一找书记、镇长、分管负责人汇报工作，争取党委、政府对教育的重视。领导们看到綦超有思想、有抱负，能分析不足，敢于面对问题，又能思路清晰、大展宏图，都全力支持新校长工作。

我问及綦超校长绘就了什么蓝图，他谦虚地说："初来乍到，先从自己做起，做好表率，带好队伍。有县局和镇党委、政府的大力支持，有教师的无私奉献，插旗镇的教育会越来越好。"

（2020 年 8 月 29 日）

侨联的正能量

去年人事档案整理后，每一个单位做事的风格、精神风貌、工作效率我都铭记在心。侨联学校不管是带队的负责人还是老师，我都历历在目。

7月5日期末质量检测，我为驻点巡视员，又与侨联学校一同参加组考工作。考务培训会上我讲得很少，对他们的信任已经深入骨髓。他们热烈的掌声，也说明我们之间很默契。

监考领队是办公室主任刘绍文，以前接触过几次，但没有更深的了解，这次组考我发现他身上有很多优点。首先是谦逊，每逢与我交流总会说"您"。其次是负责，每一堂考试都会对缺考学生认真登记并反馈给学校负责人。再者是能干，干什么都不用我操心。

第一天第二堂考试，从下考到开考中间只有30分钟的时间，教师从前面教学楼四楼考场到后面五楼考务办公室有一段距离，时间很紧凑。

刘绍文指挥镇定，让老师领取试卷离开考务办公室，试卷密封、清点的工作由他和保密员来处理，老师们可以在有限的时间里从容应对第二堂考试的监考。我佩服他想问题周全、细致。

他也很体贴人，第一天考试我接了几个老师要调档的电话。他说："不亲眼看见，真不知道您一个人要做这么多事。"

其间，我嘱咐他："有两个人急需调档案，我要去趟办公室处理。"

他说："放心去，这里有我。"

我们去巡考场，老师们都严守纪律。主、副考坚守岗位，没有私下交流的，没有打瞌睡的，没有在走廊上走动的。每一堂考试下考，考务办公室没有喧哗，老师们认真整理手中的试卷，核对下场考试的试卷、条形码。保密员刘义每一次将试卷搬上五楼后都是大汗淋漓，可他总是满面笑容。与这样的团队合作能感受到满满的正能量。

（2021 年 7 月 6 日）

汪校长有远见

8月19日上午，东山中学校长汪国良来看望整理档案的老师，当听说塔市中心小学张文竺老师很能干、很有责任感时，专门打电话请她来指导其他学校教师档案整理，一个小细节看出了校长对档案工作的重视。

在众多学校行政人员与教师眼中，档案工作不参与评价，没有教学质量那样引人关注，因而忽视档案工作。真正懂得档案重要性的是那些要调动的教师或被提拔的干部，他们会感叹："档案真的重要，一张纸都不能小看。"

汪国良来机关办事，经过我办公室时看到有些调动的老师在为缺少资料犯愁。他了解情况后对我说："我们中学也会有老师调动，我提前派人来整理档案。"能主动申请整理档案，从我的实践经验角度来看，他是一个有远见的校长。

汪校长回到学校后，当即安排业务校长邓国辉全权负责此事。邓国辉立马着手安排人员，并逐校排班，统一调度，8月17日，邓国辉亲自带队到教体局交接。当日，经过培训后老师们很快进入工作状态。期间他们不懂就问，半天便熟悉了工作流程。不同的学校之间偶尔遇到类目不清时，互相咨询探讨，唯恐装混档案类别。

第二天又来了新的学校老师接班，因为当天早上来办理调动档案手续的人较多，塔市中心小学的张文竺老师和砖桥中学的刘艳老师，在我没有请托的情况下，替我排忧解难，主动当起了"培训师"。她们结合前天的工作经验，传授同事最方便、快捷的办法。偶尔有人向她们咨询，她们会放下手里的事情进行指导。她俩下班时总会把档案室清理干净，为下一批学校老师提供良好的工作环境。

我与汪国良校长交流了三天来整理档案的情况，他说抽调的都是教导主任，既要完成交办的任务，又要把学了的知识用上，为以后完善学校的档案工作打下基础，我佩服他视野与远见。

（2020 年 8 月 19 日）

三封中学热情高

1月6日，三封中学后勤副校长秦习勇与我商量，他们是否可以提前来审理档案。档案室已安排其他学校，如果再加派人手，秩序是否正常？我想到黄利校长平时做事严谨、为人热情，他带领的队伍肯定素质高，于是提前调整了他们的工作。

8点30分，三封中学的老师准时到了档案室。抽调来的老师年龄有点偏大，他们能不能操作电脑？我心中有点忐忑。

我开始培训，告诉他们认定"三龄一历"的依据是什么，如何填写表格，疑难问题怎么核实。之后，进行实例讲解，分析一卷档案多个年龄如何认定、工龄怎样认定、最后怎么填写。

老师们虽然年龄大，但是做事都循规蹈矩，没有人畏难，或者中途要求换人。三人一组配合默契，有找档案的、有操作电脑的、有负责信息填写的，做事十分严谨。只要有疑惑就找我询问，他们来来往往咨询，我没有时间处理其他事情，但他们有这样的热情，我很乐意讲解。工作效率比我想象的要高很多，上午已经完成了大部分任务。

吃完中餐他们继续工作，我办公室的门一直开着，方便给他们烧开水，随时解答他们的提问。他们保持着上午谨慎、热情的工作态度，把握不准依然过来和我一起探讨。

我们一个类别一个类别地翻看档案记载，用规定的表格记录不同的年龄，再结合认定标准综合分析确认。这个程序看似简单，其实较为复杂，有的填了几个不同的年龄，有的写了不同的月份，有的年龄相差三四年，有的还要调查核实，不认真分析很难把控，一中午的时间我和他们一起，也只分析了七八卷档案。

一个村小的校长，刚刚审核完自己学校教师的档案就过来向我道别，说要赶回学校上课，不能影响孩子们的学习。正是因为中学校长黄利以身作则、管理有方，才能带出有责任感的队伍。

在很多人的想象中，档案工作轻松又简单，只有经历了的人才能体会其中的繁杂与劳累。正如职业中专刘含宇老师说："以前我认为档案管理是件很没有技术含量的事，接触了才发现，做好这项工作要有耐心、热心。海哥能长期坚守，内心一定是极其强大的。"

(2022 年 1 月 7 日)

途经四中有故事

5 月 21 日上午，在注滋口集镇等待家人开车来接的间隙里，我想领略一下华容四中的风景，于是在门卫室登记、测体温、戴口罩后进入了校园。

进入校园后第一印象是干净、整洁，秩序井然。正是课间休息时间，有的老师和学生在一起跳绳，有的学生三三两两在讨论学习内容，有的在林荫道上看着书，有的在跑道上散步，一切显得安宁祥和。

路过一楼一间教师办公室，只见五位教师正在备课，时而抬头，时而沉思，时而奋笔疾书。

正感叹学校管理水平与教师的敬业精神之际，遇上工会主席任志祥。他手里拿着一本教材与备课本，正朝教室走来。他说教研室的专家们正在学校视导。虽然"误撞"了专家，却是一个学习的好机会，我想去看看老师们与专家如何交流，专家对他们的指导是否有启迪作用。

我随着任主席来到了一间大的办公室，教研室专家正对三位教师"面授机宜"。专家不时比画着，老师们也不时点头。偶尔也有老师主动向专家咨询，专家们侃侃而谈，将自己多年的实践经验倾囊而授。

"看到专家紧张吗？"见一个女教师咨询完准备出门，我便朝她问道。

"不紧张，专家们和蔼可亲，不懂的都可以提问。"这名老师回答我。

"你叫什么名字，教几年书了？"

"我叫肖枝叶，教了四年多书了，现在教的八年级物理。"女教师回答。

"你在学校学的是物理专业还是其他专业？教学中有什么疑惑吗？"

"我学数学专业的，因学校缺物理老师，就调整教物理了。疑惑就是有点不懂学生，他们好像学习兴趣不浓，都是三分钟热度。"肖枝叶说。

"平时学校教研活动多吗？内心愿不愿意多开展一些这样的教研活动？"见时间还早，我继续问道。

"学校这样的活动很多，不仅学校经常组织听课评课，教研室专家经常来视导，而且平时学校行政随时推门听课，所以每一堂课都要认真钻研，时间长了养成了认真的习惯。"

"你感觉教研室专家的指导对自己有什么提升？"看到肖枝叶十分善谈，也不拘束，我便和她聊开了话题。

"对我们年轻老师来说收获特别大，我们只能看到一个科目的一个片段，而专家可以纵观一个年级的全局，视野不一样。就像看一本书，我们由薄到厚，而专家是由厚到薄，提炼出了教学的精髓。"

"你们业余干些什么事呢？"见肖枝叶沉稳又能领悟专家的思想，引起了我的强烈兴趣。

"业余时间同事之间互相探讨一下教学，也开展一些教学沙龙活动，对自己的业务提高有很大的帮助。"

"你这么喜欢教研活动，对教研活动有什么期望？"

　　"学校很重视教研活动的开展，也制定了奖励措施，现在各教研组你追我赶，就怕自己落后。我们也希望多一些到长工实验学校这样的名校实地观摩听课的机会，毕竟网上听课与实地观摩互动有很大的差别。"

　　参加工作这么多年，第一次遇到一个年轻的老师这么健谈，于是我便说："从你的话语中我发现你很优秀、很务实。"

　　"我们学校优秀的老师太多了，像李君等老师，虽然年龄比我小点，但是特别有亲和力、感染力，能激发学生的学习兴趣。四中学校行政班子很体贴，教师责任感强，在这样团结和谐的环境中工作很开心、很愉悦。"

　　　　　　　　　　　　　　（原载 2020 年 6 月 28 日《华容教育》）

精细管理促规范

6月23日，华容县教育人才就业服务中心一行三人按照局长室统一安排，前往联系点禹山镇南山中学检查校园安全工作。

当天早上，我们没有事先联系，直入南山中学。车到中学大门处电动门紧闭，我有意测试一下门卫平时对进出人员管理是否严格。于是我下车对保安说："我们是来检查工作的。"

"请先登记，凡进校人员一视同仁。"我顺从他的意思进行登记，测量了体温。大门依然没有打开。

"车上的其他人也要测量体温……"保安如此细致，正是我们想要的效果。

我们进入校园后与校长室成员简短商量，分两组下乡进行检查。我与副校长潘彤、谭学友到村小检查。乡村小学比较偏僻，对于检查，个别学校有时抱有侥幸心理。我在车上叮嘱："不给任何校长打电话，直接到学校。"

来到南圻小学，学校没有门卫室与专职保安，学校大门已经上锁，与校长向舜联系才得以进入校园。进入办公室查阅资料，我们看到桌上有序地摆放了应急预案、防溺水资料、心理辅导资料，有相关照片做佐证，他们平时注重管理细节。

在鱼口小学食堂检查，发现地板上一点水渍都没有，墙上食堂卫生制度、食品采购制度、陪餐制度一目了然。与校长彭辉交流，发现他是一个精打细算的"管家"。

彭辉说："以前食材采购要安排专人，还要与商贩讨价还价。我现在自己在兴盛优选平台上购买，食材直接送到学校，采购账目平台有记录，避免了教师之间的猜疑。"

"这个方法挺不错的，既实惠，又节省了人力成本。"我对他说道。

彭辉在安全管理中发现问题也不藏不掖。我问他："平时排查中发现安全隐患没有？""我们学校的电线都是铝线，电流大了就会烧坏，平时都是自己买来电线自己安装，这个隐患要是有资金改造一下就好了。"彭辉直言不讳说出了自己的担心。

"你反映的问题我们会及时反馈到相关股室。"我对他说。

一天下来，先后检查了建华、新华、三合等 10 所中小学、幼儿园。所到之处，校园干净整洁，制度规范，教师风貌好。南山中学校长魏忠仁说："不管是教育环境的改变还是教学质量的提升，都得益于校长室成员的日常督查整改，得益于各学校校长对教育的情怀，他们在精细化管理上用了心、花了精力。"

（原载 2021 年 8 月 28 日《华容教育》）

用心就能改变

5月26日下午，我因人事考察工作到了东山镇中心小学。这所学校我之前来过几次，这次的感觉截然不同，不仅陈旧的学校面貌一新，而且教师凝聚力明显增强。谈到这些变化，老师们都说校长刘振彬功不可没。

学校有一栋教学楼楼顶遇大雨就渗水，夏天顶层的教室没遮盖物十分闷热。虽然偶尔修修补补，但没有从根本上解决问题，年复一年，烦恼依旧。

刘振彬上任听到教师反馈情况后坐不住了，从不会说豪言壮语的他二话不说，主动向县局争取，找同学、乡友资助。他用筹集来的资金将楼顶进行改建，铺上了琉璃瓦，解决了教学楼长年渗水、教室闷热的问题，也让校园变得漂亮美观。

从教学楼到食堂要经过一个斜坡，有三十来级台阶，宽只有两米多。每逢食堂开餐，700多名学生蜂拥而至，存在摔倒、踩踏等安全隐患。下雨、下雪天学生更是容易滑倒，学校只能每天安排老师值守来保证学生的安全。

很少求人的刘振彬再次豁下面子，继续找同学、朋友捐助10余万元将台阶拓宽到6米，盖上了漂亮的风雨棚，学生就餐安全问题得到妥善解决。接着新增了洗碗龙头，更换了教师食堂餐桌椅，改造了家属楼后的水沟。新教学楼竣工后，他又自筹资金一万余元完成了教室、办公室、外墙布置，接入了网线。

目前，综合楼已经粉刷了，实验室装修工作正在准备中，重修校门的工作会在暑假启动……这些显著的变化让师生们乐开了花，无不感谢刘振彬不等不靠、主动作为，解决学校陈年的问题。

在与石介英老师的交流过程中，她不假思索地说："刘校长有原则、有魅力、有亲和力。"老师们受他正能量的影响，纷纷用钻研教材、辅导学生等实际行动为学校发展注入新的动力。

刘振彬不仅关心学校硬件建设，对老师的诉求也十分关注。主动帮他们解决工作、生活中的困难，让全体教师安心、舒心地工作。他重视年轻教师的培养，开展了青年教师读书、教师外出学习等活动。"美丽办公室"评比、教师户外联谊等一系列活动营造了良好的人文环境。

面对学校环境的改善，教师凝聚力的增强，已在校长岗位上轮转了 5 个学校、经历了 26 个春秋的刘振彬谦虚地说道："做事情只要用心就能改变。"

（原载 2021 年 6 月 28 日《华容教育》）

张校长要编志

6月10日下午，我途经新河乡中心小学，看到张楚校长正在指挥学生上校车。他是在我工作的人事股跟岗学习提拔的，怎么也得跟他招呼一下。

"海哥好！"张楚校长看到我，连忙伸出了热情的双手。

"我正有件事要向你汇报，学校准备对32年以来的文献资料进行整理，编写校史。"张校长告诉我。

我管档案9年，还没有听说哪个中心小学编校史，所以我有点惊讶。

2009年我参与编写了《华容县教育志》，那是举全局之力，耗时三年的工程。一个中心小学编写校史，那要有很大魄力。不管怎样，我是管档案的，对编志工作肯定要支持。

"我们编校史不是头脑发热，征求了很多人的意见，校委会认为编志当前不像教学质量一样立竿见影，若干年后它的历史价值就会显现出来。"张楚校长看出了我的顾虑。

我边听他们说，边翻看他们给我的资料。有历届和现任党组织名录、领导（正职）名录、处室负责人名单、教职工一览表、学生花名册、学科获奖竞赛情况……数十种空表格，足以看出他们做了很多功课，花费了心思与精力。再看采集人员分工表，职责明确，各司其职又通力合作。

　　我跟随张校长来到档案室，各种前期准备的资料都整齐摆放，有的纸都发黄了，内容还清晰可见。有 1990 年以前的学生花名册、德育工作情况、班主任手札、教学常规、教学设计、学校日志，有教学、颁奖、谈心等各方面的照片。

　　这么多珍贵的纸质资料如果能编成志，确实是一件功在当代、利在千秋的事。张校长的胆识与远见让我刮目相看，也期待成志的那一天。

（2020 年 6 月 11 日）

孙会计好"撩干"

人事档案专项审理历时两年，我每天重复同样的培训，说着同样的话，做着同样的指导。时间长了，感觉到了一种无法排解的抑郁。今天因治河中学会计孙爱华做事"撩干"，让我舒缓了一天的压力。

我做培训的时候，孙爱华自始至终一直在认真学习，还不时用笔记录工作步骤，很少有这么细致、严谨的人。治河中学分三组培训，第一组培训结束后，孙会计十分体谅我，说我每天周而复始地培训、指导太辛苦，余下的两组她来指导培训。

孙会计安排第一组开始工作后，她亲自演练、指导培训第二组人员。直到他们明白了程序与要领，她又开始培训第三组。两场培训下来孙会计额头沁出了汗珠，她感叹："这是个很细致的工作，每天这样培训、指导是蛮辛苦。"有人理解，我的心情好了很多。

吃完中餐，他们开始赶进度。孙会计很谨慎，她叮嘱档案入柜要反复核对柜号，不要放错地方。这看上去是小事，对我来说却异常重要，放错一本档案都是伤筋动骨的大事。档案室里有上万盒档案，曾因一所高中放错一本档案，前后找了一个月才找到，我惊慌的心才安定下来。

孙会计很细致，为了解答老师对年龄和其他资料的质疑，她自己制作了表格。哪些人年龄需要提供佐证材料，哪些人需要补充档案材料，台账清晰明了。档案审理完毕后，我告诉孙会计，回校后让老师将审定的"三龄两历"表打印出来。孙会计说："我们安排专人统一填写打印，让老师们轻松一点。"

（2021 年 12 月 16 日）

同行如故友

11月20日下午，珠海市斗门区教体局黄锦欢等人来到我局档案室参观学习。经济发达地区的人到县城交流档案管理经验，我心里有点忐忑，不管怎样，先尽地主之谊。

黄锦欢落落大方，言行举止很有亲和力。她善于赞扬人，她说："你们档案室规格好高，我们落后很多了。"我知道她是在自谦，希望我感受到自己的优越。她边看档案室设施边与我交流："你们档案室有多少在职人员档案，几个人管理？"看着一屋子的密集架，她向我问道。

"在职的有近五千人，管理档案的正式编制一人，临聘一人。"我回答她。

"彼此彼此，规定一千卷档案配一个人，真正达到标准的估计很少，五千卷有两人就不错了，呵呵。"干同样的工作，感同身受。

"你们档案是按什么排列的？"小黄问我。

"按姓氏笔画，由简到复杂。"我回答她。

"我们是按学校分的，你们的管理科学多了。"她肯定了我们的做法。

小黄边查看姓氏柜号，边诚恳地向我发出邀请："我们想邀请你去珠海指导两个月档案整理，不知是否有时间？"

小黄的眼神很坦诚，我只能实话实说，暑假是我最忙的时候，抽不出时间。

"你这里有姓氏排列的目录没有，我想学习一下。"小黄对这个有所期待，我找出目录编号本供小黄参考。

小黄看完与我商量："能不能发一套给我学习一下?"天下同行是一家，我爽快答应。

办公桌上有一些档案转递、资料接收、档案查阅的册子，小黄问我是否可以学习，我当然毫不吝啬。我随手抽出一本递给她。小黄从目录到每项内容一一细看，交流整理档案的心得，对我们的组卷不时称赞。

小黄不管是咨询事情还是查阅档案，总是用商量的口吻征求我的意见，未经允许之前她是不会自作主张翻阅资料的。从这些细节可以看出她有很高的素养，提问的也都是档案管理的核心，可以得知她档案业务娴熟。

（2020 年 11 月 23 日）

档案十年变迁

看到新湖南《大道向前,我们这十年》征文启事,我便有一种写作的冲动。十年来,我一直从事人事档案管理工作,亲历了华容县教体系统档案硬件逐步改善与管理的日臻规范。

2011年7月,我正式接手教体系统人事档案的管理工作。当时档案室设在城中路县教育局二楼西侧,面积120㎡左右,设有五间库。房子陈旧,墙壁裂开了缝,室内阴暗,不开灯找不到档案。档案室设在顶层,库房没有空调,一到夏天闷热难受,进入库房就是一身汗。

打孔机、裁纸刀都是最原始的。整理一卷档案至少要分三次打孔、裁剪才能成型,既耗时效率又低。人事档案是用小铁皮柜装,摆放在墙的两侧,设置了五层,有100多个柜子,一个柜子能放50卷左右的纸质档案,6000余卷在岗教师档案用了两个库房。

2013年4月,时任人事股长何军在局长办公会上提交了《加强档案室建设的议案》,档案室情况才稍有好转,经局长室同意,购置了20组档案密集架,硬件设施首次有了改观。

2014年启动了人事档案换盒工作,将原用档案袋装的人事档案全部更换成A3档案盒。在没有抽调一名教师协助的情况下,我将所有人事档案重新编号后,每天重复打孔、组卷、入盒、上架的工作。用了四个月的时间,终于将纸质档案袋全部更换完,档次一下子提升了很多，查阅起来也更加方便快捷。杨宏发任人事股长时，又添置了 10 组密集架，将退休、去世档案同样规范后上了密集架。

由于没有经验，室内气温太高，一年时间，换好的 A3 档案盒姓氏标签全部脱落在地，想找一个老师的档案只能大海捞针。一年多的努力付之东流，只得重新用 A4 纸打印姓氏柜号，用糨糊一盒盒粘贴。这次教训后，档案室才添置了一台立式空调。

2020 年 4 月，教体局整体搬迁到新址，设置了面积达 200 ㎡ 的档案室，配备了操作间、阅览室、办公室。库房全部更换为密集架，同时安装了摄像头、空调，添置了电子打孔机等设备和消防器材。

2020 年 8 月，根据组织部门要求，又耗时两年将 A3 档案盒全部更换为 A4 标准档案盒。紧接着，又用两年多时间对近 5000 名教师的人事档案进行了专项审理，建立了更精准的教师信息台账。档案室面貌得到彻底改观，吸引了长沙、岳阳、广州等地组织、人社、教育部门来参观学习。

（原载 2022 年 4 月 10 日潇湘原创之家）

一枚印章的诞生

5月6日，资深乡村教师职称评审材料首次盖上了华容县教师档案管理中心的印章。这枚印章的诞生有它的由来。

4月30日中午，教育基金会秘书长李良新走进我办公室，他看到桌上有一张空白纸盖了华容县教育局人事股档案管理专用章的印鉴，拿起纸张，他对我说道："这枚印鉴不规范。"我知道教育局已更名为教育体育局，档案室印鉴还没有更换，确实不规范。

李秘书长从事过法制安全工作，注重工作的严谨、规范，而且他比我进机关的时间早，知道的事情多。他向我介绍："原来负责档案管理的是人事股副股长兼档案中心主任，说明县编办三定方案中有档案中心的设置，只是没有雕刻印章。"

李秘书长一提醒，我想起曾在查阅文书中看到过编办关于档案中心机构设置、人员配备、工作职能的文件。于是我回复他："确实看到过这份文件，当时没有太在意。"

李秘书长继续说："现在人事档案由教育人才服务中心管理，你查一下县编办三定方案中教育人才中心的工作职能，看是否还有档案中心的设置。"秘书长对这事很上心，也引起了我的重视。

我当即打开教育体育局官网，发现教育人才中心加挂教师人事档案管理中心的牌子。我向李秘书长反馈："确实加挂了牌子。"

"三定方案中有设置就有法可依，为何不雕刻一枚公章来规范？"

秘书长的话很有道理，我忽略了这个细节，对他严谨习惯深感钦佩。

当时正逢资深乡村教师职称评审工作，上报的材料严谨、规范，需要盖大量的档案印鉴证明农村工作经历。于是我主动向领导汇报情况，领导十分赞同。我按照流程申报，华容县教师人事档案管理中心的印鉴终于诞生了。

（2021 年 5 月 7 日）

入职关工委

8月4日，局党委委员、副局长杨宏发和人事股长韩迪武对我进行了一番谈话嘱托，与原秘书长办完交接，我正式接任教体局关工委秘书长一职。

面对全新的工作，如何尽快进入角色成了首要问题。我除了虚心向关工委主任请示汇报，不懂之处请教前任秘书长，更多是自己从阅读、分析历年资料中掌握一些门道，熟悉工作内容与流程。

资料柜中整齐地摆放着红、蓝、黄等几种颜色的封皮资料，侧面都详细标记了年度、内容，想查哪一年的文件、通报一目了然。随手抽出一本过往的资料浏览，发现关工委的活动很紧凑、很连贯。

2018年的资料很厚很醒目，逐页翻阅，关工委组织了以"红旗飘飘，引我成长"为主题的教育读书活动，成绩令人瞩目。局关工委主任刘康吉被评为全国先进个人，马鞍山实验学校被评为全国示范学校，长工实验学校被评为全国优秀集体。

关工委为办好家长学校，搭建好家校联系的平台，关工委主任不顾年事已高，四处争取援助。在县关工委大力支持下，争取财政预算10万元，用于学校建设和家庭教育示范县建设。关工委联合县融媒体中心在《今日华容》手机报开办了《华容家庭教育》栏目。同时组织家教讲师团在多所学校和幼儿园巡回讲课，结合社会扶贫工作对贫困家庭和留守学生给予爱心资助。

带着兴趣继续查看 2019 年至 2021 年文书档案，我对重要的活动、荣誉进行了记载，发现每年的家庭教育活动形式多样、内容丰富，分别有"我为祖国点赞""少年若要圆梦想，莫让手机误成长""新时代好少年，红心向党""新时代好少年，强国有我"等主题教育与一系列征文活动。

入职关工委，不仅从资料中感受到了工作方向，而且体会到以前的工作周密、扎实、精细，家长学校办出了特色。现在有 900 多名退休教师参与家庭教育工作，家长学校办学面达 100%，有全国示范校 1 所、省级示范校 4 所、市级示范校 12 所。

局关工委也是殊荣连连，先后获得第十七届、第十八届、第十九届全国青少年五好小公民主题教育活动先进集体称号。关工委还是省关心下一代工作先进集体、先进单位以及市级五好关工委、先进单位、先进集体。

面对关工委骄人的过往与成绩，作为新手，我只能用荣誉来鞭策自己虚心学习，用行动来督促自己求真务实。

（原载 2022 年 9 月 13 日潇湘原创之家）

优秀经理室

湖南财信育才保险代理有限公司岳阳分公司华容县经理室，是华容县区域内代理学生平安保险业务的机构，四个月时间里，我看到的、经历的诸多事情让我感受到了这个团队的优秀。

通过日常工作接触与观察，不管是承保公司之间还是承保公司与学校、家长之间，关系都十分融洽。承保公司遇到问题从不避讳，很有担当。中国人寿的陈先辉、陈燕龙内敛低调，很有亲和力，人保财险的徐柬、段劲谦虚谨慎，做事雷厉风行，中华联合的刘勇处理问题快速果断，财信人寿的陈文祥说话和言细语，做事高效。

华容县经理室的联席会都围绕"如何做好学生平安保险服务"出谋划策，承保公司之间偶尔有业务范围小调都积极配合执行。他们平时主动与经理室联系，反馈各自的情况，让经理室对全县学生平安保险工作做到心中有数。

学生张某因意外受伤，前期由某保险公司承保，支付了部分医疗费用。后因承保公司调整，后续一些医疗费在衔接上出现了一些问题。家长将情况反馈给学校，要求继续支付后续医疗费。华容县经理室接到学校报告后，当即召集两家保险公司负责人进行协商，两家保险公司积极配合，家长的诉求当场回应。事后家长给经理室打来了感谢电话："我在广东打工，为这事往返一次不容易，你们贴心地帮我解决了后顾之忧，太感谢你们了……"

其实，类似的感谢电话、感谢信在华容经理室不胜枚举。不仅承保公司如此负责，而且学校也是尽心尽力。状元湖实验学校工会主席万里鹏，只要学生发生了意外伤害，不仅会第一时间报险，而且如果家长有异议或有不明白的地方，他会认真宣讲、协调，直到家长满意为止。

华容县经理室在理赔问题上，接到报险第一时间会同承保公司赶往现场安抚，处理保险理赔事宜，由于服务意识强、处理问题快速，树立了良好的形象与口碑。华容县经理室年年被省公司评为优秀县（市）区经理室。

（原载 2022 年 11 月 29 日潇湘原创之家）

乡村美景入画来

7月17日，我随同县作协到北景港镇采风。在鲤鱼鳃村易地搬迁安置点，我们见到了乡村振兴的美丽画卷。

楼房统筹而建，自来水、宽带、有线入户。漂亮的广场绿树成荫，弯拱的小桥伴着潺潺流水。外墙涂鸦的忠、孝等传统美德教育、党史教育，让人身心得到洗礼。菜地里，老人们悠闲地摘着蔬菜、水果，脸上洋溢着幸福的笑容。

面对作家们赞叹的目光，镇党委书记程猛侃侃而谈："这是乡村规划上的一个掠影，我们以夯实基层治理为抓手，重点是修订好村规民约，让村民自治、自管到乡镇、村、社区，齐抓共管来助力乡村振兴。"

"通过村规民约的完善，村民自我约束、相互监督，带头抵制陈规陋习，树立新风尚。"陪同采风的朱胜镇长向我们介绍村规民约的重要性。

"原来村规民约没有环境卫生之类的条款，现在根据乡村振兴的实际，逐一进行修订完善，将环境卫生、垃圾分类、殡葬改革、扫黑除恶、'党建＋诚信金融'等内容写进村规民约，村民自觉参与自治。"朱镇长补充了这次村规民约完善的地方。

"村规民约修订后，执行的效果怎么样？"面对我的疑惑，朱镇长爽朗一笑："你采访一下支部书记和安置点的村民，他们最有话语权。"

"有问必答。"总支书记熊海兵听我说明来意，爽快回应。

"根据村规民约，我们成立了红白理事会、人居环境整治理事会、矛盾纠纷调处理事会、治安巡逻志愿队伍等自治组织，做到了事事有人管，实现了自治管理与村级管理互补互动。"熊支书开门见山做了肯定。

"人情宴的情况治理得怎么样？这是老百姓很关注的事。"我问熊支书。

"我们成立了陋习理事会，只要打算做生日宴、升学宴、新居落成贺宴，理事会都会上门劝导。今年上半年全村就劝阻了不下40场酒宴，一般的家庭至少节省5000元的人情费，像我至少节省上万元……"熊支书说起效果很开心。

我继续问熊支书："乡村要振兴，弱势群体不能掉队。要帮助这些人，镇、村采取了哪些措施？"

"办法想了很多，像安置点徐南华一家，父亲和妻子都患有精神疾病，要治疗，小孩上学要学费，收入来源就是种点稻谷。镇、村把他们一家纳入扶贫对象行列，易地搬迁时安置了楼房，还给他母亲安排了公益岗位。徐南华通过稻虾套养，每年收入达到三万多元，现在一家人过得很幸福。"熊支书信手拈来扶贫的例子。

一个近50岁的男子刚好路过我们身旁，熊支书说他就是徐南华。我连忙上前打招呼："现在住在新楼房里很开心吧？""以前我是被生活压垮了，现在住得好、吃得好，经济收入增加了不少。做梦都没想到有一天能住上政府安置的楼房。"徐南华很感激组织上的帮扶。

"易地搬迁当时只规划了6栋房子30户，当地村民看好这里的规划与环境，主动要求在此建房。通过审批，村民现在自建了2栋房子，入住了 12 户，目前还有人陆续在申报。"说起村庄的规划与前景，熊支书的喜悦之情溢于言表。

朱胜镇长接过话头："乡村振兴要发挥产业引领的作用，才能帮助村民增收增效。"不愧是抓经济工作的镇长，说话做事与自己的工作紧密相连。

5 月下旬，我陪同芙蓉兴盛的岳总去过该镇天星洲生态龙虾合作社。这是国家级稻鱼综合示范基地、国家级农民专业合作示范社，形成了小龙虾苗种繁育、健康养殖、加工流通的完整产业链。目前，合作社带动农户 1200 户，发展稻虾套养面积 3.8 万亩（1 亩≈666.7 平方米），亩平均增收 3000 元，稻田种养让村民的综合效益明显提升。

在北景港镇采访时，我们发现一个亮点：镇党委、政府开展了"遇到烦心事，请您跟我'港'"的实践活动，反映问题有专人接待，有联动办理机制，有责任追究。

协和村一位司机反映协和干渠道路被压坏，存在安全隐患，镇领导高度重视，多方筹资翻修了 1600 米长的协和干渠。有人投诉农贸市场鸡毛到处飞、气味难闻，有些摊子摆在路面上，社区和执法大队立即开展了联合整治行动。

半天的行程，我们看到了北景港镇乡村振兴如诗如画的美景，听到了村民对党委、政府的拥护与感激。我们更希冀村民在政策指引下，撸起袖子加油干，让幸福之花在每一个人心中绽放。

（原载 2021 年 7 月 23 日《岳阳晚报》）

不一样的意境

　　说到体检，去年一个 B 超项目排队等候就花了两个小时。今年待同事们体检完后，我得到消息说 B 超室有显示屏安排号，才有了去体检的信心。

　　22 日早上 7 点 30 分，我赶到了体检中心。在值班室等了一会儿，进来两名医生，他们迅速打开电脑，我的体检单一会儿就打印出来了。

　　医生叮嘱："画了圈的项目做完以后才能吃早餐，你先去 B 超室排号。"她一个小小举动、一个温馨提示，让我内心很温暖。

　　一名来体检的女退休干部对医生说："今年体检服务态度好了，秩序也好了。"

　　"这都是我们应该做的，尽量提供好服务，让大家满意。"医生笑容可掬。

　　我前往 B 超室时，边走边看了一下体检的项目，发现每一个检查项目后面都对应一个科室门牌号，哪个项目在哪个房间检查一目了然。B 超检查也有了明显的变化，名字会显示在屏幕上，再也不用排队等候了。

　　我先去做血化验，正在抽血时，进来一位中年女医生，只听她对两位医生说："大家都要认真坚守好自己的岗位。"原来她在巡查督促。

在心电图室，我在等前面一个人检查。走过来一位亭亭玉立的女医生，她看这里排了几个人，拿起其中一人的检查单看了一下："您可以先检查其他项目，这样不耽误时间。"立马有人听从她的建议，去了其他科室。

这位女医生细心地观察体检人员，适时进行调度，我顿时有了好感。回头看了一下她的工作牌，她叫曾菡。

8点40分，我所有的检查项目全部完成。原本计划半天时间，没想到只用了一小时。以往体检结束时都比较迟，医院已经没有免费的早餐供应。今年打印体检单时一并打印了早餐券，不管上午什么时候完成体检，都有早餐提供。

当我将体检单交回值班室时，曾菡问我："您是下午还是明天来拿检查结果？"

"这么快？原来不是次日下午才出结果的吗？去年体检时我还写了一篇文章，说B超室安排欠妥，今年却是天壤之别了。"我以为曾菡会"怀恨"在心，责怪我多管闲事。

曾菡呵呵一笑："会写文章的人都是人才，今年要继续写呀，我们一定听取意见，用最好的状态为大家服务。"

（原载2021年4月26日北方写作）

体验体检

妻子要做体检，问我到哪里方便。我不假思索："中医院有体检科，去那里看看。"

10 点 30 分赶到中医院大厅，经询问一楼导诊台，得知体检科所在楼层。走上二楼，看到醒目地悬挂着"健康管理中心"六个大字，颜色很温馨也很舒适，能让人焦急的心情得到缓和。

靠墙设有一个服务台，里面站着一个眉目清秀、身材苗条的美女。看到我们到来她热情相迎："您是来做体检的吧？"

"老婆做体检。"我回应道。

随后美女和我老婆交流："您没有吃早餐吧，主要是有哪些不适，想检查一些什么项目？我们好根据您的要求设定一个体检套餐。"妻子说了一些想法，美女提了一些建议，很快就定了一个体检套餐。

趁美女打印体检单之际，我扫视了一下她的工作牌，她叫彭婷。打好单子，彭婷把我带到护栏边，指着一楼收费窗口说："您去那里交费，我带嫂子去体检。"我感觉温暖如春，内心窃喜，有个这样亭亭玉立的妹妹挺幸福。

交完费上楼，彭婷已带老婆验完血，正准备一起去彩超室。彩超室美女在整理一些资料，看到我们进来立马站起来："欢迎您来体检。"

139

我在外溜达，随意参观一下体检中心。走廊里有条椅、按摩椅、花卉，走道干净卫生，就连几个红色的垃圾桶都摆放得十分整齐。虽是一些细小的事情，但给人留下管理精细、规范的印象。

两边墙上还张贴了很多温馨提示，如体检流程、体检注意事项、病情症状与保养……这样可以让人在等待的时间里学习到一些医学知识。

"家属请过来一下。"彩超室的美女小声喊着我。

"B超做得很细致、很全面了，这里发现了一点点小问题，过一段时间再来复查一下。"美女边说边指着图片跟我讲解。她这么热心，我同样注意了一下她的工作牌，她叫黄莉。

事毕，黄莉引导我们到了对面的就餐室："现在可以吃早餐了，不要把自己饿坏了。"蒸笼格有包子、馒头，桌上有白米粥、酸菜。

"彭科长。"走廊里有人在找彭婷。

"我在这里。"彭婷应声答道。

"她是科长？"我指着彭婷的背影问黄莉。

"是啊，她是我们体检科的科长。"刚才来找她的是分管体检中心的彭胜武副院长。

我对黄莉说："我们这次体检享受了VIP待遇。"

"呵呵，那才不是呢，我们对每一个人都这样。"黄莉笑着回复我。

见有人体检，彭胜武副院长朝我走过来："体检满意吗？"

"很满意，体检中心的人热情、贴心、效率高。"我回答他。"谢谢您的认可，有什么建议您可以跟我们沟通。"彭院长说。

"我们每天把体检人数控制在40人左右，避免等待时间过长，也能保证体检的质量。"彭院长向我介绍效率高的原因。

"体检中心设备是全新购置的，可以'一站式'地将体检完成。

医生也是严格挑选的，不管是政治素质还是业务素质都十分过硬。"彭院长继续介绍着体验中心的情况。

"我们刚才亲身体验了，看到的、听到的都让我如沐春风。"我对彭院长说出了自己的体会。

（2020 年 8 月 16 日）

丰收的一年

1月16日，华容县教育体育局召开年终总结表彰大会，标志着2022年的工作完美收官。承蒙领导与同事厚爱，我继去年获得"敬业标兵"称号之后，今年再次获得"学习标兵"荣誉称号。

2022年是极不平凡的一年，于我而言是忙碌又收获较多的一年。这一年完成了历时两年的人事档案专项审理工作，认定了系统内教职员工的个人基本信息，建立了电子信息库，提高了档案管理电子信息化程度。

这一年很庆幸，新任局长包金跃上任后档案工作更加得到重视，招聘了新的档案管理员，缓解了我的工作压力。

这一年我坚持阅读报刊、书籍，撰写工作、生活体会，写了38篇文章，共7万余字，有16篇文章分别发表在《岳阳晚报》《华容教育》《潇湘原创之家》等报刊与平台；参加了《岳阳日报》、市教体局、市总工会的征文活动；《伴着书香成长》《我让儿子学会独立》获市征文一等奖；《父子同行，共同成长》入选省教育厅关工委《家庭教育成功案例汇编》一书。

这一年利用业余时间精心修改了散文集《沿着河流向前走》，删减了6万余字，文字逐渐精练，让自己有了出版的信心。这一年重操旧业，再当编辑，协助华容县教育基金会采访、组稿、编辑、出版了第一期会刊《春风无声》。

2022 年 8 月，从事档案管理工作 11 年后，我被调整到关工委工作。我建立了工作群，加强了与中小学分管负责人的沟通联系。在城关中心小学家长会上作了题为《踔厉奋进，更上一层楼》的演讲，获得了家长的掌声与认可。

同样是这一年，儿子、儿媳步入婚姻殿堂，让我经历了最简朴又属人生里程碑的大事。

2023 年正如包金跃局长所说："信心满满，才能行稳致远。"我将带着感恩的心，脚踏实地把自己的工作做好，不愧领导、同事信赖。

（原载 2023 年 1 月 17 日潇湘原创之家）

第三辑

走过四季

沿着河流向前走

途经注滋口集镇东街口沿堤至杨林所，便会发现一条蜿蜒曲折、有 10 公里长的河流，它叫隆庆河。我在这条河流终点下河坝北岸生活了 31 年，也是沿着这条河流一路向前到了县城。隆庆河对我来说是生命之源、动力之源。

以前生活在这里感到迷茫无助的时候，我常会一个人去河边坐坐。我曾对着隆庆河自言自语："别人说我想通过自学考试跳出农门，那是癞蛤蟆想吃天鹅肉，我是否还要坚持走下去？"它波澜不惊的表情给了我答案，坚定了我前行的意志。我感激这条河流的养育与宽广的胸怀，让我学会了淡然，执着追逐梦想。

在 2019 年出版散文集的时候，我请专家作序，他拟的题目便是《从隆庆河畔到风波岭》。他知道隆庆河的终端是我出生的地方，也知道我是沿着这条河流到了县城这个叫风波岭的地方工作。机关搬迁后又沿着华容河到了新址，现在我又居住在了华容河边，我的人生一直沿着河流在行走。因而我对河流有着别样的情怀，我学着它的淡然与宽仁，融入不同的团队。

我工作的第一站是隆庆河畔的杨林中学。这里的老师大多都教过我，他们从教多年，专业知识与业务能力是我这个新手不可企及的。虽然是代课教师，但是他们并没有歧视我这个曾经的学生，在听课、评课中直言不讳进行点评，让我逐渐成长。

147

后来由于工作调整，我相继被安排到了隆庆河旁的杨林小学、白合完全小学，东涝河旁的围垦完小。这几所学校都离乡镇府较远，属偏远学校，条件相对要落后不少。老师们都很纯朴，没有人谈论条件，都尽心尽力把工作做好。大家相处很融洽，相互支持、包容，也常能得到教育组的荣誉与奖励。因为喜欢这个职业，每月只有50元工资，我却十分地努力。教育组长发现了我的才干，将我安排到了教育组工作，这是令很多人羡慕不已的事情，当时一个乡镇有30多所学校、6000余名学生，能在教育组工作，走到哪都让人刮目相看。

工作环境得到改善，我自考、写作热情高涨。自考拿到了湘潭大学文凭，有上百篇稿件在省、市报刊发表，这引起了县委宣传部领导的关注。2001年5月，通过招聘考试，我沿着隆庆河、藕池河到了县委机关报《华容报》社驻地，实现了我当记者的梦想。后来又得到县委领导认可，我被安排到了县委宣传部工作。

几年之后，接触的人、经历的事逐渐增多，视野也变得略为开阔，知道自己最适合干什么，我选择了回归教育行业。

现在每次回老家，我依然要去隆庆河走走，告诉它我一直执着地沿着河流坚毅前行，一个个梦想得以实现。

（原载2022年7月27日潇湘原创之家）

一路恩情铭记心

近日与几位朋友小聚，国土局的盛婷大发感慨："看海哥的文章都是身边的小事，帮助过自己的人和事都铭记在心，写在笔端，真的是一个懂得感恩又重情重义的人。"

她说出了我的内心所想。弹指一挥间，我已52岁，虽没干出什么成绩，但一路前行，收获了一路恩情。父母的百般呵护、妻子的宽容、儿子的自立、弟妹的帮助，自然不在话下。难忘的是领导的帮助、朋友的支持。

对我来说恩情不在厚重，不管是对命运改变的提携，还是困难时一句鼓励的话，我都感恩在心。有的已经陆续通过短文或书籍予以表达，有的一直默默记在心间。受他们恩惠的影响，不管是交朋友还是工作，我都以感恩的心相处、做事。

回忆往事，我一生特别幸运，前行路上遇到了很多贵人。记得1993年因自考认识了教育组成教专干邹有为，他将我推荐到学校教书。当时的校长、现县环保局副局长胡奇欣然接纳了我。他不时给我指点，让我早日进入角色。后来又被刚上任的教育组组长罗绍来欣赏，培养我加入了党组织。

2001年，时任县委宣传部副部长刘子华从报刊上发现我爱写新闻，想尽办法找到我并让我参加《华容报》的记者招聘考试，从此人生逐渐走上正轨。

之前，我一直有当警察的梦想，通过书信往来认识了时任省公安厅厅长张树海，我出版的两本书籍都是他老人家亲笔题字。到报社后又争取了政法方面的宣传报道工作，认识了方为、张晋军、张彦、易亮、严若云等一批警察、检察官。

当警察的梦想没有实现，但是我接触了很多政法干警，写了不少政法方面的文章，也算是对警察梦的一个延续。后来因采访认识了时任人社局办公室主任刘昂宇、农业局办公室主任刘世杰、建设局办公室主任邓建军、交警大队办公室主任周建华等，他们对我特别关心，这种情感一直延续至今。虽然现在见面很少，但过往的点点滴滴记忆犹新。

报社撤销后，我被安排到宣传部任新闻干事，幸运地认识了王洪斌、王文华、陈炜三任部长。他们没有因为我起点低而小瞧我，都鼓励我多写稿、写大稿。王文华部长调任临港新区后对我出书一事十分赞赏，寄来题字给予鼓励。

到教育局工作后，遇上教体局现任副局长何军、杨宏发、戴方栎，他们都曾是我在人事股、人才中心工作时的直接负责人，对我很大度，工作、生活上无微不至地关心，即使我不习惯主动汇报，他们也时常找我谈心，了解我的思想动态，解决一些实际困难。

从事档案工作 11 年，曾感觉这是一个被遗忘的角落。新任局长包金跃上任后，三个月的时间去档案室调研 4 次，现场指导、解决工作中的难点问题。平时哪怕是在过道上、电梯间遇到，他也会亲切地嘘寒问暖，让人信心倍增，动力无穷。在教育系统工作的时间最长，帮助关心的人更多。不管是机关干部日常的问候，还是学校行政、老师偶尔来办公室坐坐，对我来说都是信任与感动。

我因性格豪爽、坦诚待人，终有了朱晓林、王翀、方志刚、周六龙、赵益等知心朋友。他们豪爽大度，对我十分包容。一个电话、一条信息便会全力相助。因写作我有了自己的"智囊团"，有纠错字的、有改标题的、有提建议的、有制作 PPT 的……他们默默无闻地支持我一路前行。正因为这一生能遇上欣赏我的领导，帮助我的知心朋友和团结友爱的同事，才让我有了一路向前的勇气与信心。

（原载 2022 年 6 月 25 日潇湘原创之家）

父亲的八十大寿

今年 7 月，父亲过八十大寿，我们依然只是一家人简单地陪着父亲吃了中餐。唯一不同的是定制了一个蛋糕，算是他老人家最完美的一次寿宴。

父亲一生很辛劳，他 18 岁时我爷爷就去世了。长兄如父，他开始照顾着两个弟弟、一个妹妹。叔叔、姑姑相继成家后，他本可以不操心了，可他仍然放不下，总要去尽老大的责任。家里的农活干完，便会去大叔、二叔、姑姑家帮忙，从来闲不住，好似永远不知疲倦。

现在大叔、二叔跟随子女到了广东、长沙定居，他们老家的房子父亲还是要去开窗通风，晒晒衣服、铺盖，防止霉变。姑姑家相距五六里路，父亲隔三岔五总要去看看。父亲的潜移默化给了我们很大影响，我们三兄妹之间一直互帮互助。哪怕偶尔父母有个小病住院，我瞒了弟妹怕他们担心，他们事后知道都会很生气，一点点医药费都要通过手机转账来分担。

父亲一生节俭，从来没有做过寿宴，我的弟妹商量给老人家热热闹闹办一个八十大寿，父亲没有同意。宁乡的舅舅、舅妈早就说要过来庆寿，父亲反复电话沟通，说服舅舅、舅妈不要过来。后来湘潭的小舅、姨妈他们也要来，父亲又是一通做工作，小舅、姨妈只好听从意见。

父亲生日当天，我还在回家的路上。母亲打来电话告诉我，长沙、湘潭的表妹、妹夫与表弟他们已经到了我老家。见面后，表弟、表妹们一个个喜笑颜开，唠家常，话过去，其乐融融。

临近午餐时间，大叔、二叔、姑妈一个个电话祝贺，兄妹间浓浓情意在父亲脸上荡漾，我们感受到了他无以言表的幸福。姑妈的儿子和女儿、叔叔的儿子、二舅的儿子、妹妹的儿子……纷纷来电话祝贺。丰盛的菜肴端上桌时，我的儿子带着女朋友从长沙一路驱车赶到了。相继，我的岳母来了、大姨夫来了，一大桌十余人为父亲庆贺八十岁的生日。长孙给爷爷戴上了生日王冠，让爷爷许下了自己的心愿。

（原载 2022 年 8 月 23 日潇湘原创之家）

我的一家子

不慎跖骨基底部骨折，打上绑带后回老家静养几天。刚下车，父母看到我拄着拐杖，顿显紧张。

"不小心摔了一跤，休息几天就好了。"我安慰他们。

父母还是担心："是不是骨折了?"

"只是扭了一下。"我轻描淡写。

住下来的日子里，浓浓的亲情时刻环绕着我。每天早上母亲会将洗漱的盐水、牙膏准备好，变着花样做着我喜欢的米汤蛋、圆粉。

母亲虽然年事已高，但做事依然很利索。趁我吃早餐之际将被子折叠整齐，打扫卫生，清洗衣服。

吃完早餐，父亲会将泡好的茶递给我，父子俩开始聊天。我告诉父亲："脚扭了一下，单位领导、同事还有我的朋友们都很重视。有的上门看望，有的电话问候，有的用车送我下乡。我真的很感动，很幸福。"

"做人要懂得感恩，你一个普通的工作人员能得到这么多人关心，我们做父母的很欣慰。"父亲为我的友情感到自豪。我和父亲聊天之际，母亲拿来了食品盒，有西瓜子、南瓜子、芒果。母亲陪我坐了一会儿，又开始准备午餐的食材。有时是腊肉、香干、蒜苗，有时是排骨、鸡爪、墨鱼木耳炖汤，有时是鲫鱼、皮蛋、莴笋……尽量变着花样让我多吃点。

妹妹听说我回来，从网上购来芒果、哈密瓜等水果，瓜子、蛋糕等小吃，还有肉食、香肠等菜品。弟弟给我发来了慰问金，侄女发来视频："伯伯，让我看一下伤口。"

"肿得这么高啊，很痛吧。"言语中不失关切。

"发一个红包表示我的心意，祝伯伯早日康复，一定要收下哦。"

在家的日子，父母除了饭后散步，几乎时刻陪伴着我，也总不忘叮嘱几句："家和万事兴，生活上大度一点，工作上要换位思考，与同事相处要融洽。"这是我每次回家的必修课，父亲总是不厌其烦。

身居乡下，偶尔有朋友来访，母亲一边准备水果小吃，一边忙着厨房的食材搭配。

"年纪大了，做的菜不合你们的口味了。"母亲总担心做的饭菜朋友们不喜欢。其实她每次做菜都做得十分精致，有清淡的，有口味重的；有荤的，有素的；有添加辣椒的，有放蒜苗的……朋友们胃口大开，竖起大拇指称赞母亲的手艺。

（原载 2022 年 5 月 16 日潇湘原创之家）

舞出的勇气

2019 年 12 月 25 日上午，办公室龙主任征求我意见，机关几个股室共同组织一个舞蹈节目，问我是否愿意参加。学舞蹈对我来说是新鲜事，也是挑战，我愿意大胆去尝试。

第一次进入舞蹈室，我担心自己笨，影响团队，抱着先试试的态度静观其变，实在不行再自行淘汰。

第一堂课，舞蹈节奏很快，对我来说是应接不暇。扭动身体像钢板，扭胯胯不出，动作僵硬。观察其他同事都学得很投入，没有人注意自己，心情才放松。第二堂课没有之前那么紧张，扭、转、移、挥手都按教练的步骤。可记性不好，动作难协调，常常忘记下一个动作是什么。只好眼盯前排的美女，跟随她们的动作发挥。

龙主任很细心，她拍摄了两段已经学过的视频发在群里让我们回家巩固。我也是上了心，更不想拖后腿，回到家里饭也顾不上吃，便自学视频。

可我天生笨拙，丢开视频动作又连贯不起来。不是少了动作，就是把后面的动作提前了。我想到了放弃，朋友说相信我能学好，于是又鼓起勇气继续参与。

学到第五堂课，女同事都很娴熟了。她们团队意识很强，不厌其烦给男同事示范。我相信勤能补拙，双休日也在看视频练习，虽没有美感，但动作还是能衔接上。

练到第七堂课，美女们节奏感很强，舞出了韵味。男同事看上去不那么整齐，龙主任对一些动作进行了改编，很快有了整体感。直到第九堂课，我的动作才有连贯性，能与其他同事默契配合。台上四分钟，台下十堂课。重要的是挑战自己，让自己舞出胆识与勇气。

（2020 年 1 月 16 日）

年轻人的正能量

因每年都参与了人事考察工作，我发现不管是行政干部提拔还是后备干部推荐，乃至机关年轻干部，都有一种积极向上、实现自身价值的正能量。时间久了，观察多了，发现这股力量是持久、永恒的。

通过不断实践，考察任用干部的方法越来越科学。后备干部也要经推荐、考试、演讲，名次靠前才有机会进入人才库。我每次与年轻干部接触，从他们的言谈中感受到他们渴望被组织认可。他们的努力我亲眼见证过，有的请人修改稿件，有的事先演练让人点评。他们如此郑重其事，是想自己优异一点，能早日得到认可。考试必定是有人上有人下，演讲必定有人入围有人落选。哪怕此次没有成功，也要踌躇满志迎接下一次挑战。

年轻教师把参与竞职演讲看得很庄重，希望尽量展现自己的才华，能留下好的印象。他们注重细节，上着白衬衣，下穿黑裤子，胸前佩戴党徽，把组织选拔当作重大的事情来对待。候考室里也十分安静，没有人过多地交流，都沉浸在自己的心境之中。有的再次精练演讲稿，有的小声背诵、强化记忆。有的等候时间稍长一点，便揣摩自己如何答辩才能引起评委共鸣，取得好的成绩。

是一种什么样的力量激励他们如此奋进，可以围绕一个目标百折不挠？我问过一些参与者，有人说为了实现自身价值，有人说为了有更大的舞台施展才华……

（2020 年 8 月 17 日）

157

沉默是一种智慧

　　网上查阅资料，无意搜索到某影星的视频，她说："年过半百，学会沉默。"我对此话有所感触，也反思了自己随心所欲的一些过往，告诫自己要在沉默中守住初心。

　　年过半百的人都有过为初心奋斗的历程。有的努力打拼，过上了舒适的生活；有的历经过坎坷，却差强人意。不管成功与否，岁月不饶人，一晃就过了半百。看过繁华，经历过沉浮，心会逐渐变得平静，开始淡泊名利，注重健康与亲情，尊重自己的心愿，做自己喜欢的事。

　　变得沉默，不是逃避、懦弱，而是历尽千帆后的人生智慧，于自己是一种修养，于他人而言是一种品德。我工作 27 年，经历过不少单位，接触过不少人，一直保持着农民的情怀，与人为善，坦诚相待。平时除了与几个交往十多年的铁杆兄弟相聚畅所欲言外，尽量保持倾听，很少言语。主要是自己性格耿直，怕言者无意，听者有心，将简单的事情复杂化。哪怕是偶尔面对矛盾，能让则让，不与人对抗，退一步海阔天空。

　　沉默其实是一种大度。沉默不代表缄默不语，是看尽繁华后的沉淀，一切运筹帷幄在心。哪怕是一个团队、一个单位的人，因受出身环境、学历层次、社会阅历、生活观、人生态度等影响，有的人先天条件优越、家庭环境熏陶好，相处的人和接触环境也不一样，思想观念相对超前。有的人出生条件艰苦，父母对子女期盼不高，要求与目标也有所区别。与人相处，不能把自己的观念强加到他人身上，有的肚量大，能接受你直言不讳的意见，有的有自己的原则，可能会反驳，有的因一句话理解不同甚至导致多年朋友分道扬镳。

保持沉默不是无话可说，是在思考怎样表达能让人心情舒畅，这是一个人内涵与综合素养的体现。以前朋友聚会时，我喜欢畅所欲言，以为别人和我一样直爽。一个熟悉我性格的朋友每次看我说话直言不讳，总会通过他的方式暗示，我才慢慢地学会了倾听。

沉默也体现一个人的品德，不议论是非，不说别人八卦。不该说的话不说，不该问的事不问，不嘲笑他人的弱点，不挖别人的伤疤。沉默不是冷漠无情，别人说的话听听就好，即便观念不同，一笑而过，不去计较。

年过半百，懂得什么才是自己想要的，那些无关自己的人和事就如湖中涟漪，终究会归于平静。把情绪简单化，把生活简单化，人生必会轻松自如。

（2020 年 5 月 18 日）

憔悴是一种担当

一直驻守在长江防汛一线，连续倒班，我已没有周几的概念了。7月31日下午，在大堤上接到特教学校谢老师电话，她说要办理档案调动手续。明天上午正好轮休，我让她去办公室办理。

当日深夜下班回家，看了一下日历，第二天是周六。既然承诺了人家，那就得言出必行，再辛苦也得去办理。

次日，谢老师看到我很惊讶："您怎么这样憔悴?"心里顿时咯噔一下，强打精神被人识破了。

我决定抽空去理个发型，让自己变得精神点。走进书院路一家理发店，老板很热情也很健谈。他关切地问我："您今年七十几岁了?"

我突然词穷，不知道怎么回复他的热情。我实事求是地告诉他："我今年才50岁。"

"怎么看都不像50岁的人。"他又补充一句。

"我走路像七十几的人吗?"我问老板。

"走路不像，面相还是蛮像的。"老板比我还憨厚，坚持己见。

在我沉默之际，老板又说话了："如果知道你只有50岁，就会给你理个年轻的发型。"他思想变化之快，让我啼笑皆非。

无独有偶，刚从防汛大堤撤离，朋友说请我吃饭以示慰问。他带来一位同学，这位同学很讲礼仪，见面握手打招呼："您今年有六

160

十几岁了？"还好，比理发师傅说的小了 10 岁。

我回答他："50 岁。"

"您只有 50 岁，不可能吧？"他很质疑我话语的真实性。

两个不相识的人，对我年龄有近乎一致的认知，看来自己真的很显老了。我鼓起勇气照了一下镜子，皮肤黝黑，眼睛无神，头发稀疏，确实看上去与实际年龄不符。

白天一顶草帽挡烈日，晚上一盏手电踏草行，巡逻查险的憔悴彰显的是责任与担当。正是由于许许多多的人坚守一线，让自己憔悴，才会让更多人有安全感、幸福感。

（2020 年 8 月 14 日）

简单的幸福

工作多年，发现身边的人站位不同，实现的目标也大相径庭，观念中的幸福指数也各有差异。我因简单，一点小小触动就会幸福无比。

我的性格不善交际，喜欢安静，所以我一直坚守在档案管理岗位上。工作虽然平凡，但常常收获很多感动与幸福。

以前每年暑假要去外地考察华容籍的老师，我喜欢拍些人文景观的照片发在朋友圈，作为工作的印记。没想到会接到当地从华容调回去的老师打来电话或发来的信息，感谢我曾经帮助过他们。

调出的老师较多，他们有我的电话、微信是因为之前咨询过我办理手续的流程。我们平时没什么交往，所以我能记住的人很少。总会有一些意想不到的事情让自己感动，体会到平凡的岗位也有它的价值。

谢艳香老师办完调动手续后去长沙，返回华容时特意给我带来一盒网红"茶颜悦色"，说让我享受一下年轻人的生活。调回汨罗的刘青青老师，办手续时其家属对华容县的部门单位不太熟悉，我主动带他们去相关部门办手续。本来是很小的事，可他们一家人却记在了心上，从老家给我寄来了特产甜酒。夏琼老师知道我在长沙休假，邀请我畅游松雅湖，她还安排了丰盛的午餐。

在我眼中，夏琼是一个很有胆量的人，我挺佩服她。她办调动

162

手续时，刚好局长外出公干，没有局长的签字她办不了手续。她不慌不忙跟局长打电话，请求局长特事特办。我听到局长在电话中同意让她代签，事情顺利办妥。

更有趣的是不少老师调回本地后，他们会互相传递调动情况，说我是一个很热心的人，有困难可以找我咨询帮助。他们如此信任我，我怎么会去砸自己的"招牌"？只能尽心尽力地去帮助他们完善资料，带他们到相关部门办理手续。我做的是分内的事情，他们却感恩在心。吴婷老师给我寄来了橘子，周利银老师知道我脚受伤后专程带着水果来看我，这份感动让我铭记在心。

一晃在档案管理岗位工作有九年了。九年间，同事、朋友都有了较大的变化，我却执着地坚守在这个平凡的岗位上，收获感动与幸福。

（2020 年 10 月 22 日）

首观儿子开车

儿子开车上路的时间不到两周，长沙车流大，我有点担心他的车技。趁国庆假期我想体验一番，让他从居住的小区送我去星沙看望朋友。

儿子去停车场开车，我与他保持 50 米的距离看他移车。尾灯亮，车慢慢退出。此时后面开来一辆车，儿子停车避让。待后面车辆驶入停车位，儿子重新启动倒车。打右方向灯，车头缓缓驶入右侧车道，再将车身调直转入行车道，操作稳重让我对他很赞赏。

车驶入火车南路，儿子将车停靠路边，打开双闪灯后，又打开导航选择了出行路线，经劳动东路、万家丽高架桥去星沙。这两条路我知道车辆特别多，是骡子是马，总要拉出来练练。我没有吱声，听凭儿子驾驶。刚上劳动路便遇上红灯，儿子很镇定地停车，我没有感觉到刹车带来的晃动，很平稳。

绿灯亮，儿子扫视了两侧后视镜，打左转向灯驶入劳动东路。行驶中他不时观察后视镜，变更车道时不仅会提前做好准备，而且会根据车流情况降低车速，待有足够的空间变道后，便会毫不犹豫驶入。他这样小心谨慎驾驶约 30 分钟便安全到达了目的地。

见过老领导，已是下午五点多，我担心路上堵车便告辞返家。在万家丽高架桥上开始堵车，一分钟移几米。儿子始终保持与前车的车距，不时观看一下后视镜，开车的习惯很好。

　　第二天与朋友相约去松雅湖聚餐，也由儿子驾车接送。有了一次坐车体验，我对他的驾驶技术放心了。经过 40 分钟的车程，我们很快到了目的地，街两边没有了车位，儿子让我先下车去酒店，他去找车位。

　　当我到达酒店门口时，才发现右侧有个地下车库。我们之前不熟悉路况，没有发现，我与儿子联系，告知他酒店有停车场，他说已在停车场。我很惊讶，问他怎么知道的，他说手机搜索的，看来是我"out"了。

　　返程时，由于在车上搜索导航时误过了一个红绿灯，路线发生了变化。儿子自嘲又多熟悉一条新街道，他的从容与淡定是我所不能及的。

（2020 年 10 月 8 日）

书香满室

教体局七楼，有一个 200 平方米、布局高雅、色调温馨的"文化餐厅"。中午休息的时候，机关干部会到这里小坐一会儿，品着茶，看自己喜欢的书。

进入大厅，看到右侧墙壁用胡桃木隔成了五个大的书柜，每一个书柜的设计如一架梯子，估计寓意多看书，会满腹经纶，人生会像梯子一样越走越高。

书柜后面有五个小的阅读室，里面有沙发、茶几。既可安静地阅读，也可以在此休息。

左侧有几排书柜，也设置了休息的地方。大厅中间有条形的长桌，两侧摆放着供阅读或记录的座椅。书柜、阅读间、大厅过道有大型巴西铁、小型吊兰、绿萝等花卉，将图书室装点得绿意盎然，让人很舒适。

在书海中随意一逛，便发现书籍琳琅满目，适合各群体阅读。党建工作方面的书籍有《习近平在正定》《闪光的人生》《强国时代》《长征》等，针对公务员的有《领导文萃》《公务员文萃》，面向历史爱好者的有《大秦帝国》《明朝那些事儿》《曾国藩家书》《孔子传》《孙子兵法》。年轻人喜欢的散文有《心有欢喜过生活》《人生若只如初见》《人生最美是清欢》《把生活过成你想要的样子》等，也有小说《幸存者》《黑白边境》等系列丛书。针对教育实际的书籍更为广泛，有《学生可以这样教》《怎样读懂学生》《教书的门道》等。图书室还有各类报纸杂志，可以及时掌握时政动态。

人从书里乖，心从玉上德。工作之余，在这样弥漫书香的环境中喝喝茶、看看书，放松心情，提升素养，别有一番心境。

（2020 年 8 月 16 日）

把信任当动力

每逢有人对我说"读你的文章是一种享受"，我会微微一笑。其实我并没有多高的造诣，写作也没有章法，权当一种业余兴趣。

我在很多场合说，最佩服的人是会打牌的人，没有一点挤对的意思。打牌的人脑瓜子活，思维敏捷、有胆识、能屈能伸。他们对数字敏感，善于谋划，也容易揣摩他人意图，做事情比一般人容易成功。

我天生愚钝，从不打牌，选择了很多人认为没有意义的写作。写文要构思框架，重拾一些忘记的成语、词组，查找一些好的名人名言和诗句。

写文章能充实自己，一篇稿子写初稿、再检查、再精练，往往三四个小时不知不觉就过了。写文章也能保持动力，哪怕有时睡下了，突然来了灵感，也会一跃而起一吐为快。沉醉在文字之中，浮躁的心得到安宁，能让自己淡泊名利，静心去做自己喜欢的事情。

不管自己水平怎么样，写得多了别人总误认为我会写。我百般解释别人还以为是谦虚，有时非得让我"斧正"或起草一些文稿。我这人受不得恭维，也不善于拒绝人，只得硬着头皮上。

信任对我来说是莫大的动力与幸福，我不是科班出身，一点兴趣爱好是日常的坚持，并没有多大的成就。只是习惯将所思所悟进行记录，偶尔在刊物上发表一些小文章，别人便认为是"笔杆子"。其实不然，讲话稿、演讲稿、事迹的撰写都不是我擅长的，我会先搜集和学习报纸、网络上报告的写作形式，积累一些好的词句，才开始动笔。

　　我是一个把信任看得很重的人，接受了委托总想尽量做得完美。有的虽然说"只要把一下关就行了"，但实质上接手后得重新谋篇布局。

　　记得一份教师上报市级优秀教师材料，送到县基金会被退回重写。校长的信任让我接受了这个修改任务，我看了一下材料，理论丰富，事例极少，缺乏感染力。我对这个老师不熟悉，而写人物至少要对这个老师有全面的了解，才能在细节中找出亮点。

　　如果按照现有材料修改，很难达到预期效果。我决定采访这位老师，我将他约到办公室聊了两个多小时，从家庭、生活、从教、学生成长诸多方面了解这位老师，甚至电话采访了他曾经帮助的学生。一位已经当了县领导的学生对老师曾经给予的帮助娓娓道来。由于事迹很感人，人物顿时鲜活起来。

　　我构思了总体框架，分了几个层次，每一个层次分门别类，有对应的事例衬托。一气呵成写了两千多字，之后又进行了四次修改。材料送到市基金会，顺利通过，该老师还因事迹突出被评为岳阳市优秀教师。

　　我日常写的是散文，是我自己经历的、感触到的事情，真实地记录下来就行了。交给我修改的事迹材料、演讲往往理论多、事例少，难以修改。如果只"交差"，苦思冥想一下大标题、小标题就行了。但这样应付的材料难以让人信服，似乎放在每一个人身上都适用，没有鲜明的特点。要写好优秀事迹，需要消耗时间去采访一个陌生的人，挖掘他的闪光点。

　　一路走来，深受朋友们的信任。这份信任有荣幸、有压力、有鞭策。每一次知晓演讲成功、报告引起共鸣、事迹材料获得通过，我才感觉没有辜负信任。

（原载 2022 年 3 月 29 日华容作协公众号）

一份党员档案

人事档案专项审理期间，朋友去乡政府寻找入党材料，在一大堆资料中，他找到了我的党员档案。我接到电话时欣喜万分，一份党员档案让我有了底气，也让我想起了入党前后的事情。

我在家务农时就有加入党组织的愿望，先后两次向所在村党支部递交了入党申请书。虽然没有回应，但我坚持方向不动摇。我相信有志者事竟成的道理，只要自己勤奋，就会逐渐被人认可和关注。

在教育组工作时，我每年都能在《湖南教育报》《湖南成人教育》《三湘都市报》《岳阳晚报》等报刊上发表文章，年年都被评为县、乡优秀通讯员。文章发表的成功，让我逐渐得到了领导们的信任，去乡政府采访时有人接待了。有一次下班后我去乡政府采访，遇上时任组织委员徐昌红，他正忙着核对入党积极分子名单，准备次日组织他们去县委党校学习。

我问徐委员："我交了两次申请书，可以参加学习吗？"

"我查一下，看你们村上报没有？"徐委员热情地开始查找我的名字。

"你回村里问问，是不是忘记上报了。"徐委员委婉地提醒我。

此时已经是傍晚，我顾不上溃垸后公路还没有修复，骑上自行车就往10公里外的村里赶。到村会计家时，我已经在黑灯瞎火的路上摔了两跤，身上到处是泥，膝盖也擦伤了。我对袁会计说明找他的缘由，他打开抽屉找到了我交的两份入党申请书。

我又连夜赶回教育组向罗绍来组长报告："我想参加入党积极分子培训。"罗组长很重视，当即对我说："你为教育做了很多贡献，我们教育支部来培养你，我现在与组织委员联系。"一番交流后，我接到了参加入党积极分子培训班的通知。

按程序进入入党座谈阶段时，出了小插曲，一个教育支部委员持保留意见，说我不能由教育支部培养。不知怎么情况反馈给了乡党委书记何岳云，为稳妥起见，何书记安排新上任的组织委员沈发金、分管文教的蔡委员分别到教育支部和我所在村的支部走访座谈，了解我的真实情况。村支部态度很明朗，教育支部不培养就由村支部负责。最终乡党委明确我由教育支部培养，1997 年 7 月 1 日，我在乡政府礼堂庄严宣誓，成为了一名光荣的中国共产党党员。

（2020 年 5 月 20 日）

延伸的情感

8月27日，已调往岳阳的周利银老师专程返回原工作的操军中学，看望帮助她成长的校委会一班人和同事。这个曾经工作、生活过的地方让她觉得很温暖，一种留恋的情感依然在她心中延伸。

8月10日，周老师来办理调档手续时，我就发现她舍不得离开操军中学。一般乡镇教师调动都会兴高采烈，憧憬着美好的未来，像周老师这样从表情、语言中真情流露出不舍的很少见。

与周老师简短的交流中，发现她留恋这里的一个重要原因是学校行政对青年教师的培养不遗余力，让她们感觉成长快。周老师是学会计专业的，学校安排她任教语文科目兼任班主任。她当时压力较大，不知自己能否适应。肖爱民校长找她谈心，给予鼓励。同时安排她去长沙博才实验中学跟班学习，与长沙的名师"同课异构"。

周老师通过跟班学习收获很大，开阔了视野，增强了自信心。她记得《紫藤萝瀑布》这堂课，凝聚了整个语文教研组的智慧，她在这篇课文的教学中得到了启迪与提升。学校不仅平时邀请名师来学校交流经验，促进他们专业成长，还为老师赠送教育类书籍阅读，组织分享成长故事。

日常工作、生活中，学校对青年教师也有着无微不至的关心。周老师深有感触地对我说："学校行政知道我家在岳阳，担心我会感觉孤独，他们经常利用晚自习与我交流谈心。自己被领导关心重视，再苦再累也感觉甜蜜。"

之前，我受周老师真情感染，一气呵成写了篇题为《离开操军中学真的很不舍》的文章，在朋友圈反响强烈。一位"90后"留言说："真想到这样的学校工作，教师本来就是清贫的职业，我们不求富有，只希望在岗位上收获幸福感。"

由此让我想到，在一个单位里同事间相互尊重、相互支撑的重要性。我经历了七八个单位，发现如果领导喜欢和工作人员沟通，下属都愿意主动想事、做事，创造性地开展工作。动力并非来自领导权力影响，而是一些平凡的事情让他们感到了温暖。

在一起工作是缘分，我们有很多老教师一直坚守在教学一线，有的年轻教师离开父母、家庭，远道来异乡工作。有的中年教师舍小家，一心扑在教学上。作为学校行政人员，要用人格魅力去潜移默化感染他们，让他们感受到集体的温暖、职业的获得感。即便老师调离，曾经工作带来的幸福感和同事之间的情感依然会在心中延伸。

（2020年8月28日）

一次晚餐受启迪

11月10日晚，我们原报社几位同事就餐完后，原《华容报》社总编室主任邀请我一同散步交流。在我眼中他是一个有格局、见识多广的人，听他一席话，必会有收获。

他现在是领导，担心我受拘束，主动与我交流："我看了你出版的散文集《流淌的时光》，虽然每篇都写得不长，但写出了真情实感，我每一篇都认真看完了。记得当时还给你发了信息，要你坚持下去。"

"其实我也不会写，只是一种爱好，写的文字没有修饰也没有精心雕刻，真实地记录一下过往的生活与感悟，留下一些岁月的痕迹。"我实事求是地回复。

"这个很好，只有你坚持下来了，这点我们都要向你学习。"他对我的写作爱好给予鼓励。

"你们都当官了，就我一个守仓库。"我很羡慕他们的成功。

"当领导你以为轻松？比你想象的累得多，操心得多。我还想跟你一样自由自在，准时上下班。"他也说出了自己的肺腑之言。

"听人讲，你现在沉淀得很好，工作之余写写文章、出几本书挺好的，这是你找准了人生的方向。"他自己就是"笔杆子"，却没有一点居高临下之感，令我感到很温暖。

"我说几句你不喜欢的话，你是吃了性格的亏，有时委屈一点、主动一点算得了什么?"他知道我所走过的路,我有很多机会可以让自己走得更好,但因自己喜欢宁静选择了不同的道路,熟悉的人都为我感到惋惜。

"你说自己是守仓库的,别人听了以为你是怀才不遇。"他直言不讳。

"我从来没有怀才不遇的想法,有一份工作已经很满足了,说的那些话不过是调侃罢了。"我如实地反映自己的内心。

"干工作就是这样,有所为,必有所累。你是真性情,干什么都想做得最完美,想法当然是好的,但心态要放好,心思要放宽,多出门与朋友交流。"他知道我的性格,才语重心长地开导我,也让我豁然开朗。

(2020 年 11 月 12 日)

那些酒事

首次沾酒是 2002 年上半年，那时在县委机关报工作。一次，副刊部主任带我去中医院采访，采访完毕，周院长热情地安排了晚餐。

周院长给我们倒酒时我连忙摆手："从来没喝过酒。"副刊部主任很有经验，他说："什么事情都有开始，作为媒体人要敢于尝试，不仅要会写文章，而且要学会与人交往，酒就是很好的沟通桥梁。"我为人憨厚，不善表达，不知道如何推辞。主任发话了，不能不识抬举。

周院长敬酒我不好意思拒绝，只好站起来抿了一小口，顿时感觉一股辛辣涌上心头，眼睛要呛出泪水。

"是个老实人，看样子真没喝过酒。"周院长对我很关心。

"没事，多参与几次就习惯了。"副刊部主任见我还不适应，及时给予鼓励。

吃饭的气氛很好，边吃边聊工作与生活中的平凡小事，推杯换盏之际他们不知不觉已经喝完桌上一溜小瓶装酒。他们对我都十分体贴，让我"自由发挥"，数巡中你来我往，我也喝了大半杯。回家后稿子没动笔，和衣睡到天亮。

第一次喝酒的感觉是比平时要容易入睡，其他没什么。从此以后，想瞒住没喝过酒的历史是不可能了，报社内部与其他单位联谊活动较多，我说不喝酒时副刊部主任便会"举报"在中医院喝酒的事。同事们便会你一言他一语，只好"重在参与"，所幸也没有人强人所难。

参与了不少的活动，也没练出多少酒量，依然保持二两。偶尔场合不同，受到激励会多加一两。酒下喉话就多，经常豪言壮语慷慨表态："明天我请客。"别人认为酒桌上说的话不能当真，也没有人在意，我却要兑现承诺。有时也会深感压力，但言出必行。以至于小舅子经常调侃我："姐夫哥，又表态了吧，脑壳痛吧？"

仗义的性格逐渐被朋友熟知，他们来了朋友也会叫我一起参加。都说喝酒的人多少有些故事，我也不例外，所以饭桌上他们经常调侃我。只要气氛好，我也不在乎这些糗事。

一次，朋友的同学从广东回来，让我作陪，他们当老板的经常应酬，"实力"雄厚，真刀真枪地干，我肯定不是他对手。我决定从气势上让对方知难而退，这一招是否灵验心中没底，全靠运气了。

客人到齐，我自作主张："每人先分两瓶。"

"哥哥，你准备搞好大的事。"广东的同学初次见面不知我底细，看我气势非凡必定酒量大。看到成效，内心窃喜，我率先举起杯子："我喜欢喝急酒，一口清，你们慢慢喝。"说完脖子一仰，二两一口清。

广东的同学看这架势以为我是"酒仙"，他当即说道："今天都只喝二两，来日方长。"我求之不得，立马同意不再敬酒。

朋友请教练吃饭，我故伎重施，一口喝完二两，希望能镇住他人。可这次方法不灵验了，几个教练都是端杯一饮而尽。我只得又发号施令给每人加了二两的小瓶，教练们同样脖子一仰又喝下二两。四两入肚已经超出我的底线，只得借故而出。行至中国银行对面天昏地暗，环抱电线杆"风起云涌"。

为酒的事，我曾经写过一篇文章，分别发给了《岳阳晚报》和

《湘北文学》。《岳阳晚报》副刊编辑打来电话征求我意见，说文章写得不错，但由于一些原因最好不发。我一听有道理，于是给湘北文学社打电话，说这篇稿不发了。

渐渐的，这件事我已经忘记了，没想到这篇文章不仅发出来了，还装进了会议资料袋。朋友看到了这篇文章，第一时间给我打来电话："服你。"

（2021 年 1 月 31 日）

写作的乐趣

12 月 23 日上午，长工实验学校校长肖爱民向我咨询完档案方面的事后，话锋一转："今天写文章没有？你走到哪里就把哪写得红红火火，有时间到我们学校走一走。"

我知道肖校长是在调侃我，他知道我为人简单也没什么爱好，几十年专一地写点"豆腐块"。放下电话，我想着他说的话。自己近来有点懒散了，几天没动笔了。刚好四中的副校长李军找我，他说："您写的《执着一份事业》在《新湖南》《岳阳日报》《北方写作》《华容教育》都刊发了。确实写得好，老师们看了都说真实感人。"

写文章被肯定，觉得自己的努力没有白费。李军说话打了埋伏，他请君入瓮："刘校长想请您再写一篇关于排球特色学校的，不知可否？""当然可以。"我回复他。刘校长平时称我为"海哥"，一声"海哥"拉近距离，我会义薄云天不辞辛苦。因而我没有半点犹豫，决定去采访。不管能否写出满意的稿子，至少我的态度是诚恳的。

曾经有位县领导问我是不是学中文的，那么喜欢写文章。其实我写文章纯属爱好，参加的正规培训很少，仅在《岳阳晚报》培训过几天。最大的收获是在《华容报》社锻炼了三年，得到了时任社长刘子华的亲自指点，才渐渐摸出一些门道。

有了爱好，便会更加关注人文事物，构思文章结构，表达自己所思所悟。今年不经意中写下了 60 篇，共 9 万余字。具体在刊物上发表了多少没做统计，也不在意了。

我写作与效益无关，有感就发，有人认为幼稚，我却乐在其中。正如魏忠仁校长所说："你朋友圈的文章每一篇我都认真看了，朴素、接地气。"写文章不仅可以感受到一种成就感，而且可以体会到朋友的关心、惦记，同时给自己的人生留下痕迹，回味起来别有滋味。

（2020 年 12 月 23 日）

体制内外

有一种现象：体制外的拼尽全力要考进体制内，体制内有的条件成熟后又开始思考向体制外发展。网上也看到一些"说走就走"的案例。有人惋惜，有人赞成。不管是体制内还是体制外，做出选择的人最懂得适合自己的方向。

我种过田，进过工厂，当过代课教师，体验了体制外的艰辛与不易，拼尽全力进入体制内后感受到了优越。不管工作岗位如何，待遇怎样，有一份保障，有一份安定，有正常的休息与节假日，这是令人羡慕的。

儿子在一家大型的民营公司负责研发工作，工作节奏之快、效率之高是我没想到的。他平时是个只报喜不报忧的人，从日常表面反馈的情况来看，他很阳光、很上进，对自己的工作既有短期目标又有长远规划。看他信心百倍、小有成就，我很欣慰，却忽视了他工作的忙碌与辛苦。

我偶尔上班时间给他打电话会被拒接，给他发微信要么不回要么是晚上到家了才回复。有时他深夜给发来视频，我问他怎么还没有睡，他呵呵一笑："刚加完班，忘记时间了。"我提醒他："不要太累，注意休息。"

他乐观地回复我："还好，趁年轻时搏一搏，儿子有成就，老爸脸上也有光。"

在日常交流中我发现他不仅工作忙碌，他还自己设定了不断增长的经济指标与岗位目标。近几年确实一步一个脚印，实现了他购房、买车、岗位晋升与加薪的预期目标。

儿子曾让我把人生成功与不足的地方写成文字供他参考，吸取我的教训，少走一些曲折之路。我对他全盘托出我的弱点，同时告诫他必须有长远目标，不管实现与否都会有奋斗的方向与动力，不能局限于我的思维，找到一个"饭碗"就沾沾自喜。

儿子节假日很少回老家，我每次休假去看他，他几乎都在加班。偶尔安排一起逛街，中途公司一个电话，又得去上班。哪怕是轮休或请了假，只要公司一个电话，必须随时到岗或打开电脑完成任务。

元旦我再去长沙，儿子在地铁口接我时已经是晚上七点多。我们找到一家饭店坐定，只见有不少人陆陆续续进入餐厅。按县城就餐的时间，这个点应该已经是接近尾声。

儿子见我疑惑，说："才刚刚下班，现在是吃饭的高峰期，你以为像体制内按部就班？他们吃完饭还要去上班。"

回到住所，我看到房子有点凌乱，心有不悦："平时怎么不整理一下？"

"哪里有时间，回来都很晚了，洗漱一下，看看书就休息。这几天没时间陪你们，事情太多了。"儿子向我解释家务没处理的事。

我在长沙住了三天，他只抽空回来陪我吃了一顿午餐又匆忙上班去了。离开的那天早上，儿子说先去公司打卡再请假送我去火车站。我不想影响他工作，也不想让他劳累，执意坐公交去火车站。

其实，以我保守求稳的思想，也想让他有个安稳的工作，曾建议他考教师或公务员。他有自己的想法，担心习惯了安逸，缺乏挑战的勇气。既然他愿意从事自己喜欢的工作，敢于接受挑战，勇于面对现实，我受其影响，观念也改变了，不管体制内还是体制外，他自己喜欢就好。

（2021年2月2日）

阿杰的建议

我与阿杰虽是父子，但我们的交流像朋友一样随意，包括工作、生活、人际关系、写作等方面无话不说。

不同的是我对问题缺少深入思考，往往只看表面现象，说话做事直抒胸臆、我行我素，很少顾及他人的感受。

阿杰善于思考问题，阅读一篇文章或观看一部电影都会引发一些思考。他也会分享一些文章给我，希望我在性格或格局上有所改变。

阿杰曾将中央电视台录制的《定风波》视频发给我，看完视频后我豁然开朗，不仅发表了一篇读后感，而且悟出了"一蓑烟雨任平生"的人生境界，过去伴随的自卑顿时烟消云散。所以阿杰推荐的影片我会重视，知道他在含蓄地向我传达某种意图。

春节期间，阿杰推荐了电视剧《大江大河》，像这样的电视剧，之前我是不会在意的。连续观看了四天，看到了宋运辉抓住机遇，勤学苦干，在国有企业一步步晋升。

宋运辉不仅有精湛的专业技能，而且有高瞻远瞩的国际视野，但过分追求结果，做人做事只顾向前，没有注意到班子的团结，最终被迫离开了实现自己理想的平台。

雷东宝支书虽是"大老粗"，却敢想敢干，大公无私地带领村民致富，得到了大家的尊重与拥护。

个体户杨巡头脑灵活，在波折中不言放弃，抓住商机拥有了自己的产业，成了个体经济的典型代表。

三个不同身份人物的初心及努力的过程，令人深思。

"老爸，我们经常'商业互吹'，证明父子关系融洽。"阿杰打断了我的思考。

"偶尔也会发生不愉快。"我实话实说。"偶尔不愉快是两代人价值观与生活方式差异导致的矛盾，初心都是好的。"阿杰哈哈大笑。

"老爸，你写文章表扬我，一方面给我带来了动力，一方面也给我带来了压力。"阿杰继续说道。

"那是为什么?"我有点疑惑。

"老爸，直言不讳跟你说两件事。"阿杰想与我交流。

"先说你的写作方法吧。"阿杰朝我看了看，他在思考用什么方法我容易接受建议。

"首先，你习惯用第一人称的写法，已经没有了新意。要学会转变，不能墨守成规，可以尝试用第三人称的写法，这样才不会让阅读者思维受局限，有代入感才更加亲切自然。"阿杰停了停。

"写文章不要总结自己的观点，每个人的思考方式不一样，别人不一定认同。文章不要太直白，要留给他人思考的空间……"听了阿杰的话，我如醍醐灌顶，一下子明白了自己的不足。

"其次，写儿子优秀可以，这是鼓励与鞭策，但也给我带来了很大的压力。"阿杰继续说着他的想法。

"你知道吧，任正非的小女儿在网上了发了一条视频，引来了很多的非议。这本来是很平常的事，只不过是因为任正非的身份不一样，大众的观念就认为他女儿也应该很优秀，没有把她当普通的人。即使她自己再努力，在别人眼中都属于不用费力就会自然优秀的。"

阿杰继续补充道："在父母眼中，子女都是很优秀的，虽然我一直在努力，但比我优秀的人更多。别人看你写儿子优秀的文章，会认为你是矫情、是炫耀。我再努力，别人都会认为我是踩在父亲的肩膀上发展，本来就应该优秀。"

"当然，老爸爱好写作，可以写我的事情，但不能说是自己的儿子，要让人看到的只是一种激励，想到的是自己子女拼搏的身影……"听着阿杰的建议，我知道如何去定位自己的写作了。

(原载 2022 年 6 月 28 日潇湘原创之家)

采风公安局

4月29日，我应县作协副主席李立文邀请，前往县公安局参加采风活动。我一直有警察梦，曾为之做过不少的努力，甚至斗胆找过省公安厅厅长反映自己的诉求。警察梦没有实现，却认识了公安厅厅长，交往至今有30多年，我出的三本集子都是他题字鼓励，所以一听说采访警察，我欣然前往。

在城西派出所集合时，我见到了一个理着平头、上穿白衬衫、下着黑裤子、精气神十足的警察。经人介绍，他是城西派出所所长毛泉文。

我和毛所长是第一次相见，他好似对我有所了解，主动迎上前与我握手："感谢海哥参加采风活动，宣传公安工作。"在我的观念中，当过所长的人必定阅历丰富，他又如此亲切内敛，我很钦佩这样低调有为的人，因此给我留下了坦诚、热情的印象。

稍等片刻之后，我们一同驱车前往公安局办公大楼。进入三楼会议室，看到长桌两边各摆了一溜参与人员的名字。北侧是参与采风的作协会员，南侧是公安局的所长、队长。在县委机关报工作的时候，我负责政法口的采访报道任务，所以认得不少警察。

与会人员陆续进入，我发现有了很多新面孔，他们的气质中都透着精干。其中有熟悉的警察主动向我打招呼，关心地问我："你现在还写警察的文章？"

"写作是我的爱好，警察是我的梦想，只要有题材、有事迹就会一直写，欢迎提供素材，"我跟警察有缘，所以话语较多，"前不久我还在《岳阳晚报》发表了《想起易主任》。"

易主任当时是公安局党委委员、政工室主任。他经常在报刊上发表文章，我曾给他写过信，请他指导我写作。易主任平易近人，不仅指点我写作方法，而且为了实现我的警察梦，推荐我到派出所当联防队员。虽然他因病去世多年，但我一直铭记他的恩情，清明节用文字来表达我对他的怀念与感激之情。

活动正式开始，公安局政委介绍了警察队伍取得的成绩，希望作家们弘扬正义、宣传警察。然后作协会员一一安排了采访任务，我的采访对象是被公安部评为一级派出所的禹山派出所，写这个优秀的集体。

我与禹山派出所所长刘政刚刚相识。他精气神十足，待人接物很热情，我与他进行了采访对接。

"写人物我不会有压力，写集体我是第一次，担心所长失望。"我实事求是向刘政交了底。

"你要些什么材料、要采访些什么人，我们来配合，相信你能写出应有的水平来。"刘政所长给我鼓励。后因其他原因，写作另安排他人。

这次采风活动，我看到了公安队伍取得的成绩与精神风貌，认识了新的警察朋友，知道了毛泉文所长是一位"笔杆子"，特别会写诗。文武双全的他引发了我采访的兴趣，哪日得闲，要去挖掘一下毛所长鲜为人知的故事。

（2021 年 4 月 29 日）

进城二十年

5月5日，是我进县城工作整整二十年的日子。二十年来我见证了城区的扩张、交通建设的飞跃发展、人文环境的提升，看到了曾经的领导、同事、朋友一个个相继被提拔重用，自己也找到了努力的方向。

二十年弹指一挥间，所有的往事记忆犹新，一幅幅画面呈现在眼前。2001年5月4日上午，我接到时任县委宣传部副部长兼《华容报》社总编、社长刘子华电话："通过招聘考试你被录用到《华容报》社工作，明天准时报到。"

我一直梦想从事记者职业，接到电话简直是惊喜。我从1989年起开始发表文章，虽然有记者梦，但是内心感觉很渺茫。只是鼓励自己一如既往地坚持，不管能否实现都要执着前行。

5日早上，我提一口装着衣服与日用品的皮箱来到了县城。县城是令人向往的地方，我从来没奢望过有一天能来这里工作。我坐上一辆"慢慢游"（俗称人力三轮车）直接来到了城北路的纱厂，"华容报社"四个巨大的字悬挂在四楼楼顶，一切如梦似幻。

到报社后，刘社长经常带我采访，讲授新闻写作要领。在领导、同事的帮助下，我的业务能力有所提高，我被报社任命为记者部副主任。

我不仅采访写稿，还与新闻部魏广主任负责第一版要闻的排版，我们的版面经常被评为优秀版面。记得第一个月工资发了 800 元，平时还有节日福利。身份的更换、待遇的提高，让我为之前的坚持与努力感到欣慰。

2002 年 6 月，报社租借到武装部办公，2003 年 3 月，再次搬迁到阳光大厦，报社才算正式有了自己的办公场所。我接替了办公室主任的职位，办公室主任的职能正待发挥，红红火火的报纸因政策原因停办。

有部分同事被安排到了财政、电视台等单位工作，我和其他几位同事则等待安排。我通过《湖南日报》上的招聘启事，参加了岳阳市公正司法鉴定中心的招聘考试。通过笔试、面试，我应聘上了办公室主任一职。

在岳阳工作一段时间后，我被调到县委宣传部任新闻干事，后来我申请到了教育系统，至今已有 15 年。原来的同事有的退休了，有的被提拔到了局长岗位。曾经认识的乡镇、县直单位办公室主任、党委秘书，有的当选了常委，有的当上了书记、局长，在更大的平台施展自己的才华。

二十年的时间，县城也发生了翻天覆地的变化。刚进城时主街道十字路口没有红绿灯，没有一栋电梯房，城区交通"慢慢游"遍地开花。后来，城市广场、沿河北路、风波岭旧城区陆续拆迁新建，城市主干道、绿化带升级改造，绕城公路、煤运铁路通车，长工学校、职业中专、田家湖学校投入使用，容城学校正在兴建……教体局机关从繁华的城中路搬迁到了黎淳北路。

（2021 年 5 月 4 日）

再听蛙声

"五一"假期，我选择了回老家陪伴父母，同时看望走访一下同组的老人，同他们聊聊天、叙叙旧。

我们小组的住房呈一字形排列，一路走过去挺方便。路过一参战老兵家，我上前打过招呼，他们盛情挽留我坐坐。老人家的儿孙都在岳阳工作，平时主要是两个老人相互照顾。子女不在身边，和老人们交流一下，或许他们能得到一点慰藉。老人家七十多岁，很健谈，对我的成长与努力记忆犹新，不时对我给予肯定："你父母都是老实人，家里没有一点社会背景，全靠你自考走出来，蛮不错。"老人家的肯定让我汗颜，如果我志向远大一点，或许不是现在的情况。

我如老人家所说，曾经十分努力，坚定地朝自己的梦想前行。通过自学、写文章改变命运，父母及家人一直都是赞许与肯定的，也从来不奢望我弄个一官半职。最终因我容易满足，选择了简单的人生之路，一些朋友、同事为我的选择感到惋惜。

继续与老人家畅谈，我感受到他的幸福指数很高，原来劳累一生，现在儿子们孝顺，将房子升级改造，不仅宽敞舒适，而且各种电器一应俱全，厨房用上了自来水、燃气灶。老人家说："没想到老了还能过上这样幸福的生活，每月还有退伍军人补助，真的是衣食无忧了。"

"你父母以前真的辛苦，要经常回来看望一下。他们不在乎子女

190

干得多么好，回来了他们就会觉得温暖。"老人家叮嘱我。这一点是我特别自豪的，我一直坚持节假日或双休日回家陪伴父母，尽好自己的孝道。

一户户地落座，嘘寒问暖，不知不觉天已经晚了。我回家后一个人坐在地坪间，享受静谧的夜空，回想着往事。我曾经就在这个地坪晒棉花、稻谷、苎麻，酷暑天在此纳凉……手机信息铃响，打开一看，岳阳的朋友问我在干什么，我说在乡下陪伴父母。

他说："父母在，人生尚有来处，父母去，人生只剩归途。能陪陪老人家，是件很幸福的事。"我深有同感，年过五旬，还能与近八十岁的父母说话聊天，这种幸福无以言表。

万籁俱寂中，鱼塘与空旷的田野传来阵阵蛙声。低音、高音此起彼伏，如一首优美动听的歌曲，吟唱着人与自然的和谐。一幅"绿水青山就是金山银山"的画面自然地浮现在眼前，让人心情轻松舒畅，我感受到了大自然的神奇与美妙。

瞬间也想起了曾经劳作的往事，农村蛙声一片的时候，正是农活开始忙碌的时候，要耕田，要插秧，要收割油菜，要移栽棉花营养钵。为了抢季节完成这些农活，农户只能每天早出晚归，在田地间劳作。一天下来十分辛苦，体力消耗也大。忙完农活还有防汛大堤秋修、冬修，村内沟渠疏浚的任务……没有闲情逸致坐下来听青蛙的鸣唱。

现在农田大部分进行了流转，插秧、施肥、收割都是机械化。劳动力开始向城市转移，他们都成了产业工人。收入高了，居住条件、人文环境得到提升，大部分村民及子女已在城市购房定居，老家逐渐成了一种生活的记忆，再听蛙声别有一番滋味。

（2021 年 5 月 6 日）

老屋改造

5月21日，历时一个月，弟弟将老家的房子改造完成。我钦佩弟弟的勤劳与魄力，以一己之力将家人居住条件前所未有地改变。

老家的房子建于1988年，五间红砖瓦房，当时父亲的能力我至今都赞叹不已。那时经济条件不好，种田、种棉花，交完农业税后没有多少收入，主要靠平时多喂几头猪积蓄一点钱。

我们建房子很多事都是自己动手，砖是用自家菜地里的泥土，请手艺人一块块制成，然后买来煤制成煤片，再请专人烧窑制成红砖。烧窑一事父亲说起都心有余悸，烧窑的地方是挖泥做砖的一大坑，地势很低。烧窑点火当晚下暴雨，四处的水都往窑的低处汇集。

当时父亲腿上有伤不能行走，为了保住这一窑砖，我在窑下舀了一晚上的雨水。如果不及时将雨水舀干，窑外围土砖受到浸泡会倒塌。不仅财产受到巨大损失，我也会被倒塌的窑砖砸到，所幸一切平安。

建房子的木檩子也是自己家房前屋后种的树，数量不够才买了一些竹子代替，至今都没有更换过。石灰浆是一户人家原本准备建三间房子用的，父亲买过来建了五间房子。没有足够的石灰浆砌墙，时间长了容易松动，经常为装好一个开关搞得墙壁满目疮痍。

当年建房时我已经18岁，见证了所有建房子的过程，能建五间红砖瓦房实属不易。建房子时我提出的要求，父亲都尽自己的能力去满足。原计划在台阶上立两个柱子，这样架梁稳定性强。我说这样不美观，要改成悬梁。只因我一句话，只得临时买水泥、钢筋。本来资金就不够，只得找人借，为了节省一点，父亲自己用板车从相隔 20 里地的镇上拖回了钢筋、水泥。房子建起后在当地也是比较超前的，这五间房子见证了我和弟弟、妹妹的婚嫁，见证了儿子、侄儿、侄女的出生与成长。

2001 年我到县城工作，2002 年妻子、儿子跟随进城，我原来居住的两间房子，父亲用 8000 元作为补偿。我没有做很大贡献，却享受着父亲的血汗成果，只能现在尽自己所能去回报。

现在侄女、侄儿都大了，弟弟想让他们住得体面一点、舒适一点，萌生了改造老家房子的想法。弟弟比我节俭，也勤劳很多，在外打工七八年，主要做搬运的体力活，后来因身上有不少擦伤，在家里人的劝说下才换成了保安工作。工作轻松一点，工资也少了，他在业余兼职一些劳务来补贴，很难得闲下来休息。

2022 年，弟弟一直想着改造房子的事，如果动工，至少要一个多月，工作不能耽误这么长时间，只好作罢。刚好今年裁员，他才趁这个空隙下了决心。他估算花费五六万元，可包工头上门测算，包工包料要 12 万多，弟弟辛苦打工积蓄的一点钱只能全用在房子改造上。

房子不改造，我一直担心电线问题。五间房子的电线五花八门，有铝线、铜线，甚至用电话线代替过，电力负荷超出一点，不是烧线就是烧开关。想换线，墙壁全是空洞，固定不稳，这样临时接线、换开关一直延续到房子改造之时。

4 月 10 日，房子改造正式动工，虽是包工包料，可弟弟闲不住，只想房子早日改造完，好外出务工。一些重体力活都是他自己干，如墙壁上厚厚的泥巴、白灰，甚至一米高护墙的水泥都是他一锹一锹铲下来的。5 月 21 日房子改造竣工，刚好一个月的时间。房子改成了三室两厅，新建了厨房、浴室。门窗全部更换，电线、开关重新布局，地板墙砖、吊顶漂亮美观……

房子改造对弟弟来说是为人父的责任与担当，我谨以此记录他的勤劳与奉献。希望侄儿、侄女懂得父亲所做的一切，努力拼搏，让父母有一个轻松愉悦的晚年。

（2023 年 6 月 2 日）

妹妹买房

买房对有实力的人来说是轻而易举的事，对身处贵州偏远小镇的妹妹来说是数年艰辛的付出。6 月 29 日，时隔七年后我和妻子第二次来到了妹妹一家的住处，看到了她刚买的房子。

不久前，妹妹告诉我，她和妹夫下决心购买了一栋三层的房子。我很诧异，脑海里闪出一个疑问：是不是找人借钱了。我多次说过有什么事告诉我，我会竭尽所能地去尽一个兄长的责任。同时我为她十余年打拼有了如此美好的结果钦佩、开心。

妹妹一直租着门店做着小生意，也想着有一天能有属于自己的门店，所以十分努力。买房后想扩大店面，需去江苏采购一些设备，可外甥放学后无人照顾。作为兄长，我一直对妹妹有愧，远嫁他乡我对她关照很少，妻子同我商量去帮助她几天。

我平时很少出远门，节假日都是回家陪伴父母。妻子知道我有畏难之感，坐长途不喜欢转车。于是她提前几天在网上预约顺风车。在我的想法里，不可能有这么远的顺风车，但很多事情只有尝试后才知道。妻子约车信息发出，用车平台提示两天内有几台车前往贵州，我们预约一台车 29 日出发。

司机是个‘90 后’，我开始还担心他太年轻是不是稳重。一路行驶途中，我发现他不仅技术好，而且人品很好，是个搞销售、见过大世面的人。800 公里路程，在高速公路服务区停停走走，在常德吃早餐，在遵义吃午餐，不仅没有想象中的累，反而觉得挺轻松的。一路驱车，一路看风景，心情美美的。

当日下午5时30分，我们到达了妹妹家。第一眼见到妹妹，因为她过于劳累，操心的事太多，看上去比实际年龄要大，顿时内心涌起一种莫名的心疼。妹妹是我们三兄妹中最会读书的一个，高考时由于身体原因导致失利。如果她当时复读一年，必定可以走上另一条生活的轨迹，可她太懂事，考虑为父母减轻一点负担，选择了终止学业外出务工。

我记得2006年急需用钱一筹莫展时，妹妹将她务工积攒下来的两万元现金义无反顾地汇给了我。这事我一直铭记在心，希望有一天凭自己的能力去帮助她，回报她这份深厚的感情。我也同儿子交流过，如果以后他有能力，一定要照顾好姑姑，这也是我一生对儿子提的唯一要求。

妹妹2008年嫁到贵州的偏远山村后，夫妻俩在街上租了个门店经营窗帘、床上用品，弹棉被，另接些缝缝补补的针线活。他们起早贪黑地经营自己的小店，几年后通过小店的积蓄与借贷建了属于自己的第一套两层的楼房。妹妹一直想有属于自己的门店，恰好今年镇上有一户人家举家外迁要将房子出售。通过几轮商谈，最终决定以60万出售给妹妹。

这个小镇的街道约1.5公里长，街的两侧都是门店，除了没有水果店，其他物品采购都十分方便。妹妹买的这栋房子坐落在小镇的东头北侧，有三层。一、二层原来经营过服装，每层有一百平方米左右。妹妹计划第一层放置弹棉被的机械和采购的棉花，两侧挂各式窗帘。第二层摆放床上用品和一些小物件，第三层是三房两厅的住房。辛苦打拼十五年，解决了门店、住房的问题。

听妹妹说，三年疫情以来生意比较清冷，只有赶集这一天才热闹一点。两个小孩要读书、家里公婆要赡养，压力不小。作为兄长，我一直心疼妹妹远嫁他乡，生活上关照不到，去的次数又少。所以想帮妹妹减轻一点负担，可哪怕是想接外甥女过来读书或给妹妹一些经济上的帮助，都被她拒绝了。

我知道妹妹心善、好强，一直以来都是独立自主，做自己想做的事情，这也是我们家风的传承。妹妹虽然过得辛苦，但是她始终保持着乐观的态度。她安居乐业了，我们也放心了很多。

（2023 年 7 月 3 日）

长沙休假

4 日处理完手头的事情，我便开始休年假。想着儿子平时十分忙碌，趁假期去帮他料理一下家务。

五点多到家，我动手将厨房灶台进行了整理、抹洗，收拾了餐桌、茶几。晚上 10 点多，儿子回来了，他说手头还有些事要处理，便打开手提电脑开始工作。

早上睡得正香，儿子做早餐的声音惊醒了我。起床一看，餐桌上已给我准备了一杯蜜茶、一个鸡蛋、两个蒸熟的红薯。

儿子上班后我开始着手房间卫生的打扫，从客厅窗户玻璃、防盗网弄起，然后是门片，半天时间也算是卓有成效。防盗网干净了、玻璃锃亮了，看上去舒服多了。

"事情不要一次做完了，要劳逸结合。"儿子在手机监控中提醒我。

"老爸做的鸡味道不错，买只鸡回来展示一下手艺。"儿子晚上想和我一起吃饭。

我去超市购了一只鸡，准备炖一点鸡汤，余下的小炒，并着手准备红辣椒、青辣椒、生姜、桂皮、大蒜子等食材，待儿子快下班时精心烹制。

门"吱呀"一声，未见其人先闻其声："爸，楼下都闻到香味了。"

"太夸张了吧，有那么香吗？"

"真的，现在想吃了。"

"你先休息一下，老爸给你盛碗鸡汤。"待儿子坐定，我便盛了一碗鸡汤给他。

"谢谢老爸，真好喝。"儿子品尝后开心地说。

我将炒好的鸡和几个小菜端上了桌，儿子拿出一瓶包装精美的"和天下"珍藏版。"这么好的酒留着来了客人再喝。"我对儿子说。

儿子冲我笑笑："老爸就是最尊贵的客人。"父子俩"商业互吹"，很快二两入肚。

次日早上，我给儿子做了早餐。一碗鸡汤、一个鸡蛋、一份干挑鸡子面。看他吃得很香的样子，我内心很舒畅。儿子上班后，我又继续打扫主卧、厨房卫生，就这样不经意地，一天又过去了。

家务事处理完毕，我第二天去了烈士陵园，却被自己弄得啼笑皆非。我从南门而入，逛了两小时，按原路返回却到了西门。这个线路我一点都不熟悉，只能掏手机问"度娘"。回程车上想着儿子平时太忙，没什么时间购物，我便中途下车去超市采购食品。

8日早上，看着儿子食欲不好的样子，有点心疼。平时他一个人在长沙没有人关心，没有人照顾。我担心地问他："早餐味道不好吗？""不是，昨晚加班太晚，睡眠不足。"儿子说道。吃过早餐儿子上班去了，看着他下楼的背影，我为他的勤劳与坚强点赞。

（2020 年 5 月 15 日）

在点滴中成长

查看教学视频，听到央视著名主持人白岩松对大学生说了一段话："我看到过每天在抱怨的，终身在抱怨的，他们在坏情绪中日渐消沉。那些每天进步一点点的人，却越来越优秀，没几年就与人拉开了距离……"

听之，深有感触。每个人家庭环境、努力的程度不一样，人生之路也会大相径庭。作为教育工作者，不管是自身的成长还是对学生的培养，都可以从点滴小事做起，在日积月累中让自己、学生都变得优秀。

刚入职的老师，对从事教育工作有一种新鲜感，为了让自己早日进入角色，认真钻研教材。同一科目教学时间长了，有人开始自满，总认为自己能驾驭课堂，再难静下心来思考教学方法。安排他们到名校跟岗学习，参加国培、省培后就有耳目一新的感觉。这是因为别人在不断地思考、探究好的方法，一点点地改进，做到常教常新。

教学中我们不仅要持之以恒地研究教材，设计好教学情景，认真备好每一堂课，而且要勤写教学反思。这看似一个小总结，实则是教学的梳理。总结成功之处，反思不足的地方，每天进步一点点，三五年后可能就是骨干，或者某一专业课程的名师。

有一个很励志的故事，主角是三门峡市退休老人耿留栓。他退休后萌发了参加司法考试的想法。司法考试被称为"中国第一难考"，每年 20 多万人参加考试，通过率不到一成。可没学过法律的老人不顾记忆力变差、法条难记等诸多困难，每天坚持一点点，用 4 年的时间取得了法律专业文凭，后又用 5 年的时间参加司法考试，最终取得律师资格。现在 71 岁的老人不仅接手诉讼业务，还一点点地积累，准备参加研究生的考试。

这个事例说明，只要方向明确、做事坚毅，必有所成。对学生的成长，老师要在点点滴滴中去关注、去鼓励。我曾经教过一个学生，父母在广东打工，由爷爷奶奶陪伴。由于没有约束，自由散漫、任性、很贪玩，成绩可想而知。他有一个优点是热爱劳动，班里的环境卫生总是积极参与，而且很有集体荣誉感。我向家长反馈了这件事，家长当天打电话对孩子进行了表扬。孩子得到家长与老师的肯定，学习比以前认真了，后来考上了重点中学。

我们面对学生成绩的落差，不能歧视、不能言语中伤，要遵循教育规律因材施教。老师不经意的一句话，学生可能终身受此影响。对成绩好的固然要锦上添花，对成绩不理想的更要雪中送炭。

老师的关爱要从细微处入手，发现学生亮点要及时给予肯定，不因善小而不为。一个善意的微笑、一次亲切的对话、一个抚摸的动作对学生都是激励与肯定。只要老师有耐心，不时给他们鼓励，学生的潜力就能得到发挥。其实我自己就是很好的例子，我原来并不喜欢写文章，因为老师的鼓励让我一直坚持写作到现在，也因写作改变了命运。

涓滴之水终可磨石，不是因为它力量大，而是由于昼夜不停地滴坠。我们工作也一样，不积跬步，无以至千里。只要不懈地努力，每天收获一点点，就会看到更优秀的自己。

（2021 年 5 月 18 日）

一种动力源于恩泽

夜深，源于一种恩泽让我处在兴奋中，有了一种彻夜写作的冲动。前几日，工作难以厘清，精神压力大，写了题为《深夜，被一种情怀所感动》的短文发在朋友圈。纯属个人的一点感悟，没想到引起了岳阳市公安局欧阳德儒副局长的重视，他发来私信帮我明晰思路，指导工作方法。

平凡人的小事，欧阳局长看到了我的困顿，真心实意地帮我出谋划策、理顺思路。认识欧阳局长是我在县委宣传部当新闻干事时，那时他任县公安局局长。因为工作关系我和他接触过，他为人亲和，心中装着老百姓的平安。

2005年6月的一天，我正陪《湖南日报》记者在华一水库采访，一名学生家长打电话反映城关某校门口有一伙社会青年敲诈学生钱物，学生害怕上学。我向欧阳局长反馈情况后，他没有轻看这事，当即安排分管局长亲自督办。巡警大队加大了巡逻力度，河西派出所教导员带领民警便衣蹲点，明察暗访。不几日，几个染黄头发的小青年就被"逮"到了河西派出所，学校门前终于安宁。

2021年1月10日，我在《岳阳日报》副刊上看到了他女儿发表的《警察父亲"超能力"》，从饱含深情的文章中看到了他肠胃不好、经常加班加点的身影；看到了女儿对爸爸充满崇拜的眼神与自豪的画面；看到了他作为父亲、丈夫、儿子温情的一面……他不仅是"武官"，敢于担当、惩恶扬善，而且又是文人墨客，能静下心来挥毫泼墨、写意人生，操练太极。

欧阳局长看我的文章经常竖起大拇指称赞，这次他看到我写的感触后，用心良苦地说："用你的智慧、经验和热情，把没辙修整为妙策；报告领导，统一认识，造势推动；制定方案，分解任务，明确责任，乘势跟进；组织骨干，培训方法，精准指导……办法总比困难多，众人拾柴火焰高。加油！"

看到欧阳局长的建议，我内心顿时平静，感觉浑身都是力量与动力。有这样的领导指点迷津怎不令自己浑身充满干劲。

（2021 年 8 月 13 日）

做一个有道义的人

连日来，一直受托帮助调往长沙、浏阳的老师办理调动手续。每天奔走于教体局、人社局、编办之间，所托之事一一办妥，内心很有成就感。

开学季，从华容县调走的老师已经奔赴各地上班，有的调动手续没有办完，回来一趟又没时间，于是通过电话委托我办理。我出身农村，成长的道路上遇到过很多贵人相助，哪怕一句温暖的话我都铭记在心。参加工作后我一直换位思考，只要我能帮助到的我都会尽心尽力。

调往长沙的白老师给我打来电话："海哥，我刚到新地方，工作实在太忙，只能请你帮忙办一下辞职手续。"我不假思索，爽快答应。忙完手头的工作，我将辞职报告发给学校负责人事工作的小彭，让她帮忙找领导签字。拿到学校审批意见后我又找局人事股长、分管副局长、局长签字。办完手续已经11点，我从教体局出发去县人社局办理手续，我算好时间不能超过20分钟。人社局事业股的工作人员办事效率极高，15分钟内完成了所有程序。去编办的路上我开始预约，编办领导同意办完手续再下班。

第二天，已调浏阳的余老师也想到了我："海哥，我照顾一个班的学生脱不开身，能不能麻烦你帮我办下手续？"我这个人天生不会拒绝人，不用思考先答应。次日再次重复同样的动作，跑相同的部门，之后将资料寄到浏阳。

机关同事看我办事熟络、效率高，委托我办理他亲戚的事，我没有推托。在编办办手续时，领导对我很关心："你人缘太好，这样跑来跑去也蛮辛苦。"

我笑了笑："下次不来了。"其实我最懂自己，哪个一声"海哥"，我又会鞍前马后。我觉得虽然累一点，但内心有一种"赠人玫瑰，手有余香"的幸福。我做的事很小，只不过是给人方便。儿子对我的行为很赞同，他说："爸爸做了好事，福报都落在我身上了，我干什么都很顺利。"

人生缓缓而行，思考所有的历程，自己最大的收获就是保持了农民本色。方便了别人，愉悦了自己，做一个有道义的人挺好。

（原载 2021 年 9 月 9 日北方写作）

一封家书刊发后

9月28日晚10点，我的手机铃声响起。熊校长发来微信截图，是我和儿子的合影，她告知我写的家书已经在朋友圈转发。顿时一股暖流入心，感觉自己有朋友关心、关注挺幸运。

我平时写文章都是有感就发，畅所欲言，真真切切，不违背自己的性格与原则，这也是我唯一的爱好。也许人活得简单，没有什么欲望，就会很少考虑环境与场合，说话大大咧咧，做好自己，问心无愧就好。

最近写文章收敛了很多，因为写得多了，自己的性格和文风便被人一览无余，甚至不经意中，可能影响到别人的情绪。有朋友用诗词概括了我憨直、刚烈的性格，用"全不顾应当沉默的年纪"警醒我言多必失。我私下与其进行了沟通，他是担心我率真无忌的性格在与人交流或写作上过于随性，缺乏大智慧。由此我写文章的节奏慢了很多，尽量把事情考虑周全一点。

时间飞逝，总有一些事情激发自己去动笔。我写的家书《儿子，是你让老爸变得乐观》在省文明网刊发后，内心要表达的情愫最终战胜了沉默，依然"全不顾应当沉默的年纪"表述自己的感激之情。

自己写的家书被市文明办推荐到湖南文明网参加2021年第二季"潇湘家书"网络评议投票，朋友都在投票转发，自己不发声，好似不尊重他人，也有点"作"。于是我在自己朋友圈转发了家书，平时由于内向的性格与人沟通较少，加之朋友不多，对网络投票这事我顺其自然。

上午接待完君山区教育局同行，拿出手机一看，朋友圈里被转发的我的家书刷屏了。领导、同事、朋友、教师纷纷转发家书。一个普通的工作人员，处在平凡的岗位，能得到如此多的支持，完全出乎我意料。

感动之余，更多的是惭愧。平时生活、工作上缺乏主动，大家依然不忘给我热情、肯定、鼓励。更有甚者，转发朋友圈时留下了很多赞美的推荐语。

县委巡察办方为说："这篇文章真心值得一读，朴素且真实，细腻中透出父爱，感人至深，感触良多。"彭帆老师说："父亲是孩子的后盾，孩子也能给父亲力量，一封简朴的家书，满是诉不完的父子情深，也为我们的家庭教育提供了新的思路。"

周利银、黄丹、瞿慧、邵璐瑶、张青等老师留言："超级赞的一封家书，父与子，满满的爱。"

一位曾在洞庭湖畔乡镇结缘的县领导，完全不在意自己的身份，他在转发朋友圈时说："他是一位已影响我二十四年并将会持续影响下去的兄长。"我一个普通的人，何德何能让这么多朋友主动去推荐，我只能说我是幸运的、幸福的。

领导、同事、朋友、教师每一次投票、每一次转发都让我很感动。看似举手之劳，看重的却是平时的交往与对人品的赏识。通过家书，我看到一幅令人心旷神怡、心情舒畅、倍感温暖的绚丽画卷。

（原载 2021 年 10 月 28 日《华容教育》）

责任在身

8月21日中午，躺在办公室沙发上午休，心里总感觉不踏实，于是起身在电脑上查侄儿的投档情况。21日一本开始投档后，我每天必上网查三次。22日晚7点，看到侄儿正式被大学录取，我悬着的心终于安定。

查侄儿的投档信息也许他本人不高兴，我并不是有意侵犯他的隐私权的。我从初中到高中带了他六年，有一份责任在身，想向弟弟交一份满意的答卷。以侄儿内向、不张扬的性格，他是不会主动告诉我成绩的。在填报志愿的三天时间里，我感觉比照顾他六年要辛苦很多。这三天，我认真细致地阅读了填报志愿的资料，搜索了所报大学往年的录取分数，咨询了有经验的人，逐一与大学招生办进行了电话咨询，大致知道了侄儿所报大学预录分数段。

根据各高校反馈回来的信息，我和侄儿商量更换了几所大学。哥哥建议要么报北上广深，要么报省会的大学，侄儿采纳建议，第二志愿填报了省会的大学。

最后定志愿时，我看到侄儿第一志愿是大连海事大学，学校挺不错。我又与大学招生办联系，他们回复预计比侄儿的分数要高出四五分。如果填报隶属该校的中外合办的二级学院，录取没有一点问题，但学费很贵。侄儿有自己的想法，坚持第一志愿没有变动。

教过侄儿的老师都说他成绩好又听话，我也从来没有担心过他的学习。他很自律，从 2014 年进入县实验初中读书，他的成绩每次总分上下只会有四五分的波动。进入高中他一直保持学习的劲头，这次高考成绩也是正常发挥。

当初把侄儿转到县城来读书，没想要他有多好的成绩，以后有多大出息，只是替他爸爸减轻一点压力，尽我一个做兄长的责任。侄儿刚来时我担心他跟不上班，因为实验初中是全县初中教育的领跑者。出乎意料，侄儿第一次考试就名列年级前茅。初中毕业时，他以全县第 140 名的成绩进入县一中就读。

从侄儿进入实验初中第一次考试至高中毕业，他的每一次小考、月考、期中考试、期末考试，我都用电子表格进行记录，包括各科分数、班级、年级占位，上浮下降多少分我都进行了记录。这是我以前从来没有做过的事，只不过是想留下侄儿成长的印迹。

侄儿是一个自律性很强的人，专注于学习，即使放月假也不会出门。我多次劝他出门散步，他依然要做习题。侄儿有压力，我尽量让他放松，找他说话，带他逛逛超市。侄儿的父母不在身边，我担心他有失落感，所以我没有缺席一次家长会。

侄儿是一个很低调的人，学习进步、获得荣誉，从来不会主动跟我分享。在整理他的毕业资料时，发现内向的侄儿竟然会主动参与辩论赛，还能获奖。对我们这个大家庭来说，侄儿是学习最棒、最优秀的，希望他一如既往做最好、最棒的自己。

（2020 年 8 月 24 日）

回家的幸福

今年上班以来忙于档案专审工作，几乎没有闲暇时间。因而期盼假期回老家看看父母，调节一下紧张的心情。

终于到了清明节，回了趟老家。父亲见我回来，放下了手中的活，一脸笑容伴着我向屋内走去。他拿过一张椅子让我坐，有点担心地问我："原来说三月份结束的，现在还有那么忙？"

是的，我春节的时候跟父亲说过，今年人事档案专项审理工作会特别忙碌，不仅4000多人的档案要审理，而且上级组织部门要验收，压力很大，三月份以后可能会好一点。我只是随意一说，父亲却记在了心上，他是担心我太劳累。

"四月能完成这项工作就不错了，这个事情关乎全体老师切身利益，初审、复审、疑难问题上会等程序下来时间就长了。"我向父亲解释原因。

"那就好，目前辛苦一点，把工作理顺以后就会轻松一点。"父亲既担心又欣慰。

正聊着，学校一负责人来电话，询问一老师的年龄审定结果，我如实相告"还要上会研究"。待我接完电话，父亲也听出了意思，他叮嘱："这样的事你不能擅自做主，要如实向领导报告。领导站位高见识广，处理能力强。自己不要逞能，违反原则的事千万不要做。"

"知道，您放心。"父亲知道我性子急，担心我处理问题方式方法欠妥。

此时，母亲给我端来一杯热茶，接着又送来一盘炸得金黄的红薯片，一小袋薄皮核桃，还有刚买的瓜子。见我没有动手，母亲掰开一个核桃塞到我手中："这个好吃。"

看着一生善良的父母，与他们几十年的耳濡目染，我知道他们是对子女期望最低的人。从来不拿我们跟谁对比，只要我们有一点点进步都十分满足。每次与他们说曾经的朋友谁当常委了，谁调岳阳了，谁当局长了……父母只会说："他们都很优秀，能有这样的朋友是你的福气，他们还记得你说明你人品不错。"父母只希望我们简单、平安、健康就好。每次与父母交流，我说自己不够努力时，他们都表露出自豪："这样子不错了，我们很开心了。"这就是我的父母，不会给你丁点压力，也不会表现出一点不满。

"回去带一壶油、一只鸡，还有小菜、红薯片、竹笋、洗碗用的丝瓜绒……"母亲的话打断了我的思绪。"不用带，超市什么物品都有。"我回答着母亲。

每次回家父母都会为我忙碌，要准备一些农副产品带回去。做红薯片是个很辛苦的活，要将红薯洗干净、削皮，然后用大锅煮熟，捣碎成糊状，再用工具均匀地抹在准备好的布片上，太阳晒干再收藏，年纪大了做起来很费力。我们多次劝父母不要这样劳累了，可他们依然乐此不疲。

将近 11 点，母亲准备好了饭菜，有鸡、鱼、卤鸡爪、莴笋等。"喝点酒吧？"父亲问我。他老人家以前也喝酒、抽烟，为了让我们少担心，烟、酒都不沾了。

"喝点，好久没喝酒了。"我回答着父亲。

"啤酒还是白酒？妈妈听说你回来还买了箱啤酒。"父亲让我自己选择。

"喝点啤酒。"我对父亲说道。父亲连忙从冰箱中拿出一罐啤酒给我倒上了一杯。

我和父母边吃边聊，母亲不时夹着鸡肉、鸡爪放我碗里。她见我不怎么吃菜，以为自己的手艺不如以前了，于是问我："是不是做出来的饭菜不合口味了？"

"味道真的很好，是我没有做体力活，所以吃不了太多。"我向母亲解释原因。

"你再不回来，我们也想带点菜去看你们了。"这是母亲牵挂我们了。

"吃得这么少，是不是身体有问题，要去医院检查一下。"母亲担心我的身体状况。喝着小酒和父母说着话，连日来的劳累顿时得到放松，竟然有了睡意，一觉醒来发现睡了两个多小时……

走到地坪，看着屋前鱼塘中鱼儿浮出水面悠闲自得，闻翠竹、油菜与各种小菜的清香，听鸡鸣鸟欢……胸襟随之宽广，这才发现老家是我最安心、最轻松、最幸福的地方。

（原载 2022 年 5 月 28 日《华容教育》）

尽心尽力就好

美术室里画笔沙沙作响，两小时后一幅临摹画便惟妙惟肖地展现在眼前。音乐室里舞姿多彩，悠扬的歌声不时在空中飘荡，引来评委赞许……5 月 23 日，全县"三尖"择优考试现场，看到学生们的特长得到充分展示、学有所成的同时，更多的是感叹家长们背后的默默奉献。

纵观身边的朋友、同事，20 世纪 70 年代初出生的家长大都让孩子就近入学，没有过多的辅导，一切顺其自然。20 世纪 70 年代末、80 年代初出生的家长，对子女不仅是生活上照顾得无微不至，在选择优势教育资源、培养学生特长上也是不遗余力，自己再苦，只要孩子不输在起跑线上，所有的付出都能得到慰藉。

看到家长如此重视教育，我试着问过儿子："你现在责怪我没帮你搞过补习、没让你学特长吗？""不怪啊，时代不同了，也许那个时候对我是最好的了。"我平时很少管他，却让他养成了独立的习惯，步入社会后一切都是自己去规划。

考试现场，我跟同事说学生的根底真的不错，同事回复我："大部分学生受了专业培训，是花费了金钱与心血的。"我才醒悟过来，也想起了一些事情。一个周日，我从注滋口集镇乘车去县城，车上一位 60 多岁的奶奶带着孙女去县城学习舞蹈。在与别人的交流中知道，她已经送了三年，每天早上去下午回，风雨无阻。

　　我曾和一些家长交流，他们培养孩子特长各有侧重。有的为了更好地融入社会，有的考虑到文化成绩不理想，走专业择优之路。家长对孩子的重视，不仅体现为在孩子特长培训上舍得花精力、金钱，还体现为在选择优势教学资源上的不遗余力。我看到一位住在县城某中学附近的家长，宁愿每天早晚接送孩子，也要舍近求远将孩子送到另一所中学就读。

　　同在一个县城还算方便，有的家长不惜将小孩送到岳阳、长沙就读。有的请专人照顾，有的利用双休的时间去陪伴。我的一个朋友工作能力很强，领导找他谈话要重用他，他婉言谢绝，反而找领导说情，调整到了一个不受关注的岗位，只是为了方便回长沙照顾小孩的学习。

　　家长重视教育的案例不胜枚举，按我的教育观念，品德第一、成绩第二，重在培养学生独立自主能力。家庭条件、教育观念、发展平台不一样，人生的道路会有一些差异。家长尽心、学生尽力、身体健康，一切就好。

（2020 年 5 月 24 日）

有感 "双减" 政策

11月4日早上儿子发来微信，9月的业务考核与晋升面试有了结果，经过努力，他再一次如愿以偿。

作为父亲，为他辛勤付出取得好成绩自豪的同时，更多是从他的成长经历上想到了党中央、国务院下大力减轻学生校内课业负担与校外培训负担的"双减"政策实施；有感于给子女少一些学习的压力，多注重一点素质教育的培养，让他们自律、自主学习，轻装上阵，也不失为帮助成长的良方。

五六年前，每当看到双休日大街小巷背着书包行走在文化补习班路上的学生，便会担忧这种一代接一代循环补课的学习方法。学习优异的学生参与补课还容易接受，成绩一般的学生本来可以留一点自由的时间消化课堂没有掌握的知识，夯实学习基础，可家长有补习需求，有的说被迫无奈，别人家小孩在补习，自己小孩不参与差距会越来越大；有的考虑人情因素，怕对小孩学习有影响；有的家长没有时间照顾小孩，参与文化补习孩子有人管理；有的家长辅导不了小孩，又对孩子的管理束手无策，只好跟随补习的大军，以求心安理得。

校外培训机构看到了市场潜力与商机，各种名号的文化补习培训学校如雨后春笋般出现。即便学生不乐意补习，家长也是满腔热情乐此不疲。他们宁愿省吃俭用，风里来雨里去地接送、陪伴，甚至乡镇的送到县城，县城的送到市区，市区的送到省会，把学习成绩看得高于一切，忽视学生的身心健康与学生综合素质的提高。

作为一名教育人，面对学生课业负担、校外培训负担过重的现象，我一直想写一篇文章，劝导理性思考，不要违背教育规律，更不要拔苗助长。据我的一位同事讲，他某省一个亲戚家的孩子，读七年级时就利用双休和晚上在培训学校学完了初中主课知识，周边不少类似的家庭都如此超前。

正常的教育规律受到影响，学生超负荷前行。每周课程安排得满满，本可以在双休放松调节一下，做一些自己喜欢的事，拓展自己的兴趣爱好。然而事与愿违，在家长督促下又连轴参与文化补习。

不管别人怎样看待课业负担与校外培训负担，我个人放宽心思，不惧人言，让孩子轻装上阵，双休自由安排。儿子有什么兴趣爱好我会适当引导，像他喜欢计算机，我就培养他这方面的爱好。他读大学学的是计算机专业，参加工作后也是发挥专业特长。我平时注重他独立性的培养，他从读书到参加工作，遇到困难自己去解决，从来不依赖父母的帮助。

"双减"政策没有出台之前，我被一个班主任邀请作为侄儿的家长发言。我反复推辞，我说我的观点另类，尊重立德树人的原则，把学生品德排在第一位，成绩排在第二位。但我最终还是听从班主任的安排，在家长会说了一些话。说到激烈之处，我脱口而出："反对补课，赞成提高学生综合素质。"我确实与众不同，我不随波逐流，我坚持自己的原则与行事方式。

党中央、国务院从为国育才的战略高度，坚持以人民为中心的教育理念，克服功利化、短视化教育行为，发展素质教育，保障学生健康成长，做出重大决策，出台了"双减"文件，进一步减轻学生作业负担和校外培训负担，注重通过各种方式培养学生综合素质。学生笑了，家长轻松了，教育回归到了应有的状态。

（原载 2021 年 12 月 28 日《华容教育》）

读思结合利于行

　　有幸与几位教育大咖一起参与工会组织的《守护教育的良心》读书征文评审。细阅上百篇征文，作者所思所悟各有侧重，提升改进的方法各有高招。从中不仅感受到了教师们写作的热情，而且体会到征文是促进教师专业成长很好的方法与途径。

　　纵观稿件，可以看出教师的写作心态，他们有的专心致志反思教学得失，有的分析问题有前瞻性，有的方法有借鉴作用，也有的随心所欲夸夸其谈、言之无物。结合几位评审的意见，梳理了一下征文可以提升的地方。

　　有句俗话叫"标题是文章的眼睛"，也有"文好题一半"的说法，可见标题在文章中的重要性。有了标题，才会有写作的主题与中心，不会泛泛而谈、离题万里。从收集的征文看，有几十篇都不提炼标题，或者只有模糊空泛的主标题，却没有副标题进一步点明文章主旨，给一篇文章留下了瑕疵。爱之，不符合一篇文章评审的标准，难以入选。弃之，也是费了一番心血。

　　征文中也有不同单位老师所送的文章雷同，包括主标题、小标题、文章内容，就连转角页码的字都一样。文章可以借鉴，可以模仿，可以综合，也是取人之长补己之短。纯属雷同就没有了自己的思想，至少看出没有用心去读书、去思考问题，与征文的目的背道而驰。

217

既然是《守护教育的良心》读后感，至少要点明看了这本书，从中学到了什么，对照自己有哪些不足，结合自己实际有些什么样的思考或者准备怎样去改变。有的下笔便离题，纵论自己从教以来的所见所闻，与主题无关、与读书无关，洋洋洒洒两千字，一腔热情付诸东流。

从优秀的文章来看，通篇文章有主线，脉络清晰。前有伏笔，结尾点题，首尾衔接紧凑。征文中，有的熟读全书提炼自己的思想；有的细读某一篇文章触动思绪；有的一两句话让自己受到启迪……

征文的目的是鼓励教师静下心来多读书，做到读、思、行结合。认真思考教育的问题，促进专业成长，提升队伍整体素质。当然，写文章不是一蹴而就，只有认真读书、深入思考，少一点功利，多一份沉淀，才有利于自己成长。

（2021 年 1 月 6 日）

一本小集子

第35个教师节，伴随《流淌的时光》小集子的发行，我收获了太多的温暖与感动。一个电话、一条微信都让我有满满的幸福感。

出版小集子的目的主要是通过写文章来充实自己，其次总结一些得失，让人吸取教训少走弯路。集子面世后，湖南省人民检察院原检察长张树海老先生给我寄来了一封信。老先生评价我是一位对事业执着、对生活充满热情、对人友善的平民作家，亲自用毛笔书写了"欲穷千里目，更上一层楼"的赠言给我。能得到老先生如此重视与高度评价，大大出乎我的意料，更激励我不能懈怠。

县纪委副书记、监委副主任胡兆智将小集子看到一半的时候给我发来信息："这是你生活与工作的沉淀，有得有失，总结得很好，特别是看到你性格的改变，我们都放心了。这两天抓紧时间读完再与你交流，希望你继续发挥爱好，写出更好的作品。"

武警岳阳支队谢参谋说："看了你的书，我用16个字概括你：侠肝义胆、知恩图报、助人为乐、坦诚相待。"我们交往的时间不长，他们通过阅读小集子对我的性格了如指掌。

县科技局党组书记张炳炎深夜给我打来电话："这本书写得通俗易懂，接地气，是一份好的精神食粮，我们将组织机关干部好好学习。"

株洲市商务粮食局副局长胡习军收到我寄去的书后，很开心。

他在电话中对我说："你真的不错，用笔改变了命运。有方向有成就，为你感到开心，希望你一如既往走自己喜欢的路。"

那些曾经我自己认为差距大，五年、十年没有联系的领导因书的赠予再度联系，依然是那么亲切，他们有的手机中仍然保持着我的联系方式，有的依然叫我"海哥"，让人倍感亲切。

一位"90后"教师收到书后，还不忘给自己在长沙、广东的同学推荐。还有人给我留言："这是生活的真实写照，很感动、很励志。"一本小小的集子——哪怕我还是一个名不见经传的作者，却让我收获了太多的温暖与感动。

（2019年9月11日）

走自己的路

最近浏览全县庆"七一"新闻，某单位给优秀党员颁奖的照片引起了我的注意。放大照片看到了曾与我一起跑新闻的 A 君，我们有十多年没见，于是我给他拨去电话。

"A 君你好啊!"我主动招呼。

"你在干什么?"他听出了我的声音。

"守档案。"我如实回复。

"接替你新闻干事岗位的都提拔了，报社一起工作的同事有几个当局长了……"他劈头盖脸一番话，让我始料不及。我知道他没有恶意，也不是故意中伤刺激我，他是恨铁不成钢。

很多人都想出人头地，光宗耀祖。只是受思想、视野、性格、家庭环境各方面的因素影响，导致有不同的选择与结果。我一直认为每一个岗位都需要有人去做，我的父母、家人都支持这种观点。哪怕偶尔与父母聊起走过的路，他们依然很满足，从来不责怪我没有一官半职。我虽然一生简单，但是工作、生活都很平稳，即使偶尔有点小波折，也总有贵人相助。

A 君见我"不思悔改"，继续加重语气："当过新闻干事的哪一个像你一样没有出息?"我没有被他激怒，反而庆幸有如此直言不讳的朋友。

"你看 Y 比你迟进县城十多年，人家现在已经是领导了。"A 君

221

补充说道。Y我们很早就认识，他很勤奋，在乡镇工作的时候就笔耕不辍，年年被评为全县新闻宣传工作先进个人，现在到了一个新的单位担任领导职务。

A君继续说："你看你曾经周围的人，现在都是什么职务？"我很少想这事，确实原来认得的秘书、办公室主任都得到重用。分析与他们天壤之别的根源很多，关键是目标要远大、方向要坚定，不管是否能实现，奋斗的方向不会迷失，动力不会松懈。性格上不能一意孤行，要多联系朋友交流，学会取众之长克己之短。特别要学会拉车看路，善于汇报，领导才能察之用之。

在人生的道路上如果某个节点方向不准，不仅会把直路走弯，而且会让很多人失望。前几日的一个中午，我接到一同学电话："你是不是到镇里挂职副镇长了？""没有啊，哪有可能。"我回答他。"名字一样的，以为是你。"刚接电话时感受到他很欣喜，听罢结果也感受到了他的失落。

路渐行渐远，我欣赏那些有成就的同事、朋友，我却依然执着于自己的方向，出版自己的书籍，这亦是我的快乐之源。

（原载 2022 年 7 月 10 日潇湘原创之家）

良言一句三冬暖

办公楼背倚黄湖山，树木葱郁，绿意盎然。微风吹拂下，枝叶酷似麦浪一波波向前摇曳。伫立室内，在这炎热的季节，青山翠绿尽收眼底，内心顿感有一丝凉意。此时，闻《岳阳晚报》社段佳主任来到县城，于是欣然前往相见。

多日未见段佳，练出的一身肌肉让他更加气宇轩昂、精神抖擞，文人墨客的自信在他一言一行中得到彰显。他不仅人长得帅，而且是个很有正义感的记者、编辑，能仗义执言、扶助弱势群体。一直以来我对他的做派十分欣赏，每次与之交往必有所获。

与媒体人交往自然会谈到写作，我之前偶尔也会发文章给他看看，听听他的意见。他一般很少说话，感觉文章有亮点或有刊发的意义必定会刊发。每次看刊发后的文章比原来要清爽很多，删减的都是累赘，留下的才是精华。

一间雅座，一杯绿茶，伴随着轻缓的歌曲，在这温馨的环境中我们开始畅聊写作。他的主业是编辑，偶尔也写关乎自己所见、关乎生活的散文，看似随意却很细腻。跟随他的笔，你会一步一步走入他写作的情景中，身临其境般感受过往的旧街、酒馆、年货……

写作不仅要热爱生活，习惯记录，还必须有一定的文字根底，写出来的文章才耐人寻味。虽然我写作的热情一直未曾消退，但缺乏思考与深度，特别是不擅长修辞。有时将作品发在朋友圈，希望听到各种建议与诤言，让自己在墨守成规中学会改变，在日积月累中有所提升。有人或许是怕自己的建议影响他人心情，我收到的反馈中，除了赞叹，很少有人"挑刺"。

俗话说：当局者迷，旁观者清。我问段佳："你觉得我写的文章存在哪些缺陷？"他平时较忙，也难得相聚，借此机会和他探讨一下。他略思考了一下："上次在报纸上发的文章，你与原稿对比了一下没有？"

"对比了，删掉了不少。"我对他说。

"你的文章写得太详细，写多了烦冗又冲淡了主题。"段佳直话直说。

我一边听一边思考，段佳继续发表意见："你写文章太直白，小学生都看得懂，证明没有深度。"雅座间温度很适宜，冷风也吹得人很舒适，我额头却沁出了汗珠。

我轻轻地抿了口茶，感谢他的直言不讳。他继续说道："写文章首先要多学习、多看书，多看名家著作，看他们怎样描写场景。"

他停了停，继续阐明自己的观点："写文章虽然不必花枝招展，用华丽的辞藻去堆积，但也不能素面朝天，一点修饰也没有，天生丽质的女人薄施粉黛便可吸人眼球。"他将写作比作美人，生动形象，让人悟出文章如何达到一定的境界。

段佳说到了我写作的短板，其实我已经发现了这方面的不足，写文章自成"海氏"风格。良言一句三冬暖，听了他的话，我打开了新思路。

（原载 2022 年 8 月 28 日《华容教育》）

伴着书香一起成长

7月29日，儿子发来微信："老爸，未购买楼盘所交的'诚意金'通过我所学的法律知识与开发商洽谈，顺利退回来了。"我听到消息倍感欣慰，这是儿子坚持读书、学法，伴着书香成长给我的又一个惊喜。

我们是一个普通的家庭，共同的爱好是读书，伴着书香各有所乐，小有所成。高考失利后，我选择了法律专业自学考试。自考不仅让我收获了知识，也找到了人生伴侣。她到姐姐家走亲戚，听说农村还有这么爱学习的人，顿时有了好感，水到渠成，我们结婚了。后来我将她的事情写成《家有贤妻》《自考联姻》在《岳阳晚报》发表。文章发表后，县检察院严若云等朋友打来电话，说我是特别幸运的人，遇到这么优秀的人。其实妻子不仅支持我自考，而且对父母孝顺、对弟妹关照有加。一家人互相影响，和睦相处至今。

我一直保持读书、写作的习惯，出版了三本集子，成了中国散文学会会员、湖南省散文学会会员、岳阳市作协会员。日常的耳濡目染、书香的浸润，妻子也喜欢上了书，无事的时候也会拿起书阅读，有时还与我讨论。我购了一本《中华人民共和国家庭教育促进法》，妻子看到是关于家庭方面的，迫不及待开始学习。当她看到第五条第一款中"尊重未成年人身心发展规律和个体差异"，她对当前一些违背教育规律、学生双休有偿补习、课内作业负担过重的现象发表了意见。她说教育不应该有攀比之风，要重视学生身心健康，不能搞题海战、疲劳战，要着眼长远，尊重教育规律。我根据她的思想写了一篇《有感"双减"政策的实施》在《华容教育》与网络平台刊发，产生了很好的效果。因为她爱学习，通过读书提升自己，也成了一名"白领"，有了一份生活的保障。

儿子也是伴着书香成长，视野变得开阔，性格变得独立、坚毅、果断。一般的家庭都是父母激励着子女成长，我家是儿子传来的一个个好消息振奋着我，让我变得自信、阳光、开朗。最近写了一篇《儿子的魄力》，说儿子学法律，用法律维权让开发商退还"诚意金"的事。儿子通过阅读能力逐渐提升，变得更加有魄力、有主见。

值得一提的是我的父亲，他老人家一生节俭，唯一的爱好就是读书、看报。每次回家我给父亲带的报刊、书籍，是他最喜欢的礼物。我在家自考的法律书籍，父亲全部翻阅到了，掌握了很多法律知识。今年父亲八十大寿，他老人家一生喜欢简单，我购买了两本法律书籍送给了父亲。

我们一家是幸福的，有书香的陪伴，懂道理，明是非，互相支持，互相鼓励，共同成长。我们的日子也因书香弥漫变得越来越舒心、越来越惬意。

（2023 年 7 月 12 日入选岳阳市纪委"忆初心、感党恩、颂清廉"廉洁文艺作品展）

反向思维之触动

最近采访了一位优秀班主任，她的显著特点是不让一个学生掉队、不让学生留遗憾。她为此花费了很多的精力去帮助、开导那些自闭、自卑、想弃学的学生，让他们变得开朗自信，考上了重点中学或普通高中，人生命运从此有了改变。

为写好这篇文章，动笔之前我思考了很久，拟写了《不让学生留遗憾》的标题。用了一天时间撰写了初稿，反复修改四次，总感觉老师很优秀，写出来的人物特点却展现得不够具体，互动细节太少，事例不够鲜活。特别是标题太普通，难以吸引读者继续往下阅读。明知达不到《湖南教育》刊发的水平，可还是发给了编辑。

张晓雅编辑每次接到我的稿件总会在第一时间提出修改建议，这次如同往常，几分钟内给了我回复。她说："我觉得张老师的这篇稿子是不是能反向思维，从标题来看，刘老师不让学生有遗憾，这是一种祝愿式的做法，也是比较常规的做法。如果反向思维，能不能是刘老师已经预见到了遗憾可能发生，从当下就开始改变，这是一种阻断式的做法。其实具体操作都一样，但这种描述赋予了刘老师一种预见性，她是主动出击去关心孩子，而不是等事情发生了再去弥补，也恰好印证了您稿件里面说的刘老师常说深入了解学生、关心学生的思想和心理变化，这样是不是更能凸显特色？"

我看到编辑建议豁然开朗，同样是去关心学生、帮助学生、增强他们的自信、提高学习兴趣。我写的角度是发现问题再去化解，是被动地工作；编辑的角度是平时深入了解，发现苗头及时预防，是主动地去工作。两者写出来的效果也截然不同：以我的思维写班主任的日常工作，也是常规工作，没有什么独特之处，放在哪个班主任身上都适用；编辑的思路是班主任超前预防，防止学生有遗憾的事情出现，这就有别于其他。

正在思考中，张编辑又发来了信息："《不让学生有遗憾》这样的标题太平淡了，没看文章大概就知道内容是什么了。如果你把标题换成《遗憾"终结者"》之类的，是不是读者更愿意去看内容？"我重新换角度、换思维。同样的人、同样的事，在编辑反向思维引导下有了不同的视野与站位。

(原载 2022 年 8 月 13 日潇湘原创之家)

进了一个大群

成为湖南省散文学会会员后，我加入了会员群。一段时间后发现这个群人才济济，有中国作协会员，省作协会员和省、市报刊的编辑记者，也有不少行业的领导。群内平时交流以分享刊发的文章为主，交流时都是文学爱好者的身份。

我写文章有点任性，有什么触动、感悟提笔即写，一气呵成，很少考虑用一些华丽的词去修饰，更不习惯模仿别人思路。对我来说，写作只是一种爱好，权当消遣，自娱自乐。我把友人的赞美当勉励，直言不讳当促进，不耿耿于怀，不计较于心。

进入会员群后，作家们分享的文章小到家事、儿时记忆、乡村往事，大到江山社稷、社会的繁荣。精读、细读，认真领悟，每一篇文章都文采飞扬、正能量满满。群里的作家虽大多不曾谋面，但只要交流则亲如兄弟姊妹，大家相互传授写作经验，指点迷津，让人感受到文人的豪爽。他们中经常有人在《人民文学》《十月》《天涯》《花城》等纯文学大刊发表作品，省报、市报副刊上发表的更是屡见不鲜。思维之敏捷，视野之宽广，写作之灵活，让我感悟到了文字的魅力与作者深厚的根底。不管自己写的作品能否在大刊发表，至少学习他们的思路后有了超越自己的勇气。

时间长了，看到的文章越来越多，熟悉的名字越来越多，他们的文风、秉性也跃然在心。会长刘克邦原是省财厅厅官，他为人热情、低调，不仅笔耕不辍，时常在大刊发表文章，而且对每一个会员关心备至。群内亲切称他为"邦哥"，他细致到每一个会员发表文章都要点赞鼓励，给他的留言都会认真回复。

邦哥性格耿直，他写的《斯人如虹》将他在任时对干部的选拔、任用写得淋漓尽致，让我们这些普通的工作人员"窥探"到了一个人如何让领导发现、任用的细节。其实规则很多人都懂，只是心有忌讳而不用文字表述。邦哥文如其人，是真实的写照。群内有好心人劝邦哥修改一下，或者模糊处理一下，不要太直白。邦哥却坚持自己的观点，实事求是，令我钦佩不已，很少转发文章的我将这篇文章进行了转发收藏。我为邦哥的文采、胆识、真性情所折服。邦哥成为省散文学会会长后却事无巨细亲力亲为，每次《湖南散文》出版后邦哥都要亲自打理，与快递公司对接，将会刊装袋，一一寄给全国各地的会员。

我经常阅读作家们的文章，很多佳作记忆犹新。《湖南日报·湘江周刊》主编杨丹写的山、水都有灵性，让人心生向往，想实地去领略一番奇峰怪石、山水交融的奇妙风景。《湖南散文》编辑袁姣素出版的《白驹过隙》上了新书热榜，她经常写新书的书评，也会转发一些有分量的文学作品让人阅读与思考。

群内作家们都能潜心写作，讴歌时代的变化，引导文明风尚，让人精神振奋。有幸进入这个大群，我方向更明确、信心更足了。

（原载 2022 年 9 月 25 日潇湘原创之家）

执着成就梦想

7月7日早上，公众号显示了第二批入选中国散文学会会员名单，我怀着忐忑的心情打开文件搜索自己的名字，有幸名列其中，顿时一种圆梦的幸福感浸透全身。不禁感叹多年来我一直坚持自己的兴趣爱好，越走内心越宁静，梦想一个个得以实现。

我写作的兴趣是小学四年级受刘智奇老师鼓励开始，他将我写的作文在课堂上当众范读，并予以肯定。从那以后我写作文更加专注认真，购来《小学生作文选》学习。乡教育组组织全乡中小学生作文比赛，我写的《一次大扫除》获一等奖。这让我的写作兴趣更加浓厚，读初中时就有了当记者的梦想。

1989年9月，从学校步入社会后，我边劳动边写作，习惯将身边的好人好事或存在的一些问题写成新闻、读者来信邮寄给报社。起先上百篇稿件像泥牛入海没有任何回音，我不知是内容没写好还是格式不对，或许是新闻寄到报社成了旧闻。可我依旧没有放弃，终于1993年3月《湖南成人教育》刊发了我撰写的新闻，虽然只有76个字，但是我看了数次。

文章发表多了，我的名字慢慢被当地人熟悉，特别是我去乡政府采访时，领导们对我的信任度高了很多。有人会问我："你就是经常写新闻的那个张海兵？"当时围绕一个乡政府采访，发表那么多新闻的也只有我。这是一个只有付出、没有任何回报的事，我却乐此不疲。我写了幸福乡党委书记石彦宏的人物通讯、乡长张炳炎助人

231

为乐的文章。石书记送了我一本《耕耘手记》，张乡长鼓励我多写新闻宣传工作。通过两位领导的介绍，我还认识了党委秘书、政府秘书、副乡长，我们从此成了好朋友，他们经常给我提供新闻线索。

写作有了一定的知名度，欣赏的人渐渐多了。后来我到了学校上课、报社当记者、宣传部当新闻干事，经常在领导身边工作，容易被发现才干。我当时确实也得到了领导欣赏，却因自己的性格选择了回归教育。人的一生有很多的际遇，通过一些事情会让自己怀疑当时的抉择是否正确。特别是有几年看到自己曾经的朋友一个个被提拔到领导岗位，自己还一直从事档案管理工作，对未来也很迷茫。我很长一段时间因心情的缘故没有再写作，内心也变得脆弱。后经朋友开导、儿子鼓励，我才醒悟，自己选择的路只能去面对、去适应。

我开始调整思路去做自己喜欢的事情，将多年来发表的稿件汇集成了一本《新闻拾萃》。2016 年后我开始写作散文，把自己经历的人和事以及思考汇成了第二本集子《流淌的时光》。因为沉浸于写作，性格变得开朗、豁达、坚毅，不再攀比，专心走自己的路，先后成为市作协会员、省散文学会会员。今年我有了第三本集子《沿着河流向前走》，并成为中国散文学会会员。因为坚定、执着，梦想成真。

(原载 2023 年 7 月 9 日潇湘原创之家)

一篇稿子三人改

我进入省散文学会后，内心有很多触动，于是拟了一个《进了一个大群》的标题，洋洋洒洒写了 2000 余字，决定沉淀一个晚上再修改。

对于爱好写作的人来说，每一个人思考的角度、写作手法不一样？写作态度上也有很大的区别，有的反复修改精益求精，有的急于求成缺乏耐心。我就属于后者，做事急躁，难以沉淀。写了这么多年的文章，都是几个"铁粉"在支持、帮助。她们比我细心很多，看我的文章总能找出一些问题。在这方面我们有了默契，经常初稿出来后交给她们去"挑刺"。

秉着谨慎、少出瑕疵的态度，我将这篇文章首先发给了石老师。她是语文教师，做事很严谨，找错别字是"火眼金睛"。不到 10 分钟她就发来了审核出的问题，手机上隐约看到标记了红圈、箭头，放大一看她又抓了几个"现行"。"让（我）钦佩""视野之宽（广）""从（成）为会长后""让人心生向望（往）"，她找出了遗漏的两个字和两个错字。

任老师挑语句毛病是行家里手，她先给我来了一通表扬：文章风格简洁、干练、直白、流畅，似乎有点"文绉绉"的感觉了，语言更丰富了，进了散文学会水平好像高些了。之后她发来修改的地方，每一处都有红色标记。幸亏没有直接投稿，否则会令人大跌眼

233

镜。她第一张截图便是告知我某一段语句有毛病，语意表达不清。我重新理清了层次，更换了语句，文章明显简洁、通顺了很多。

接下来，她告诉我："才华横溢"是形容人的，不能形容文章，应改成"文采飞扬"。我内心佩服，虚心接受。她相继又挑出了一些问题，如"（大家）相互传授写作经验"，这个地方她用括号标记是提示我这里缺少主语，需要补充。

次日，我按照她们的建议再次修改，这篇文章算是沉淀时间最长、修改次数最多的了，最后保留了1200余字。定稿后，我又发送给吴老师把关。她说："读你的文章，感叹于你热爱文学、热爱学习的心境。我喜欢读这样朴实的文章，文如其人，有一种让人很安心的感觉。"不管她们是发自内心地赞赏，还是对我写作的支持，三个人改一篇稿子，文字、语句精练了许多。我将稿子发到媒体邮箱后，内心留下的是许多的感动……

（原载 2022 年 9 月 30 日潇湘原创之家）

众说纷纭评文章

参加了一次采风活动，聆听了华容县作协原主席蔡勋建的一堂写作课。蔡主席直言不讳点评了会员写作中存在的一些问题，受他的发言触动，我写了一篇《耿直的蔡主席》，原本准备收录到自己第三本集子中，却先传给了县作协公众号，看作协是否会刊发"揭自己短"的文章。没想到作协刘主席写了点评之后将稿子刊发了，也如我预想的那样，出现了众说纷纭的场景。

我对写人物不是特别熟悉，不令我崇拜、不让我感动、不是曾经帮助过我的人我从来不写。要写就是真情实感，不修饰，直面事实。正如县教体局党委书记、局长包金跃审阅我《沿着河流向前走》书稿清样所写的评价："笔耕不止，充盈自己，悦己、渡人，自成一体，终成大家"，这就是我写作的目的与内心。

我是个业余作者，日常勤于记录生活点滴，目的是回忆过去有资料、展望未来很充实。写《耿直的蔡主席》，是他的发言让我感同身受，如果不是他关心县作协的发展——谁都知道"多种花少栽刺"的道理——何必偏偏逆向而行，直面会员问题。如此刚直，令我很是佩服。

我与蔡主席交往极少，对他的一些了解是作协群转发了他在一些纯文学大刊上发表的几千上万字的作品，这个必须有很扎实的根底，因而我很崇拜他。加之蔡主席在群内很少发言，偶尔发表一些意见都如师如友直面文章不足。因此我才写了一篇关于他的文章。写蔡主席我十分谨慎，主动加了他的微信一起商榷，我还请同事进行了斧正，算是很"正规"的一次了。

6月28日，在去邵东出差的路上，公众号编辑吴丹将《耿直的蔡主席》临时链接发给我，建议我添加几句话，让文章稍微长一点。我说在出差的路上，她知道我不方便修改，于是将正式编辑的文章转发到了作协群。手机不时振动，我知道群内在评议这篇文章。我平时不习惯点赞，也不想零散地回复"感谢""感恩"晚上静下来后才逐一查看评论。

发出首评言论的是陈作家，我钦佩他经常在《岳阳日报》上发表一些文章。他评文章看似轻描淡写，实则很犀利。他说我写蔡主席的耿直弱了一点，内涵挖掘不深。伍秘书长担心我接受不了这些意见，于是她说，相信每个作者都想把文章写好，写出一定的水平和内涵，但是每个人的认知和生活的经历，还有悟性各不相同，如果发现文章存在的问题可以私下里指点，不是每个人能接受所谓"批评""指正"。她是在维护我的体面，却不知我就喜欢让人指点，发在朋友圈的文章如果没有人批评，我会单独请人"挑刺"。

作协原张主席对伍秘书长的建议很是赞赏，她说："秘书长的意见很中肯，陈作家的点评发自内心，海兵写勋建主席的耿直，是既用心又用情来写的，紧扣主题，在娓娓道来的叙述中，读者能品读到作者对勋建主席的敬仰！"文联原阮主席也发表了自己的意见，她说："蔡主席是我尊敬的老主席、文学上的导师，海兵在文学上的成长很不容易，坚守这么多年，令我十分敬佩。他写的这篇文章我也很喜欢读，看得出来陈作家是从欣赏海兵、不喜盲目跟风点赞的角度来考虑，才在群内公开发文的，无论观点对与否，都有对海兵的真切关心，想必海兵会理解，更何况萝卜白菜，各喜各爱，大家都可以表达自己的观点。我们可以把此次的发声看作一件很好的事，说明我们作协文学批评环境宽松，真正实现了不盲目点赞，以互相帮助之心，达到群内作者相扶相携、共同提高的目的。"黎主席担心持续评论引发更多争议，于是当起了"和事佬"。他说很认同阮主席的观点，很赞同陈作家的直言，很佩服海兵先生的胸襟。

看了多条评论，我很是感激与感动。其实，我最了解自己的弱点与不足，那就是写文章不过夜，一气呵成，难于沉淀锤炼与深度思考；注重表面事实表述，内涵深度不够。不过俗语说活到老学到老，只能在今后的岁月中鞭策自己继续静心做喜欢的事，改掉心浮气躁的缺点，写出一些读者喜欢的文章。

（原载 2023 年 7 月 2 日潇湘原创之家）

书柜中的记忆

　　国庆假期，我如往常一样回到了老家。午餐后，伫立书柜前看到摆放整齐的书籍，这些全是我当年自考时所购的新闻与法律书籍，从这些书可以看出我当年的兴趣爱好与追逐梦想的方向。

　　翻阅旧书，曾经的记忆瞬间打开了闸门。1989年暑假，我加入务农的大军，过上了面朝黄土背朝天的田园生活。我身在田间，梦在城市，奢望哪一天能立足城市，有一个稳定的工作，成家后一家人在茶余饭后闲庭信步。

　　我的梦想在很多人眼中是不切实际的，甚至是异想天开。梦想当时真只能是梦，可我当记者、从事法律工作的愿望很强烈。没有一点捷径可走，唯一的希望就是通过自学考试去改变。能不能改变我心中没底，只知道努力了就不后悔。

　　我是法律、新闻两个爱好一齐上，既报考了湘潭大学法律专业的自学考试，又将身边发生的事情写成新闻向报社投稿。所以书柜中至今保留着专科与本科必备的书籍，也有通过自己发现或者他人推荐购买的法律书籍，像1992年出版的《湖南省历次高等教育自学考试试题与答案汇编》，1996年至2000年出版的《湖南省高等教育自学考试试题与答案汇编》。

　　为及时掌握自考政策或了解一些专业方面的知识，我自费订阅了一些专业刊物，如1993年至1997年订阅的《新闻与成长》《中国律师》。很多人说我不把心思花在种田上，去做些没有意义的事。我写了一副"避一时之嘲笑低庸俗见，迎吾百年理想宏图大志"的对联自勉，继续购买书籍自学，走自己喜欢的路。

我能订阅到这些杂志也不容易，当时报刊只送到村部，像我这样个人订阅的几乎没有。首次找到邮递员订阅，他不同意送到家里，后来请求了几次，他依然不肯投递。我最后一次骑着自行车从家里陪他到了杨林中学，邮递员被我磨服了，同意把我订阅的杂志送到我家里。

我翻开 1994 年《中国律师》第 11 期，上面有律师业务、案例分析、律师天地、法制世界、法律咨询等栏目。1997 年《新闻与成才》11 期有采写体会、写作辅导、记者生活、函授之窗、成才天地等栏目。其中有典型的通过写作改变命运的案例，让我树立了勇往直前的信心。

书柜中有一些法律书籍是借阅或朋友赠送的。我在邻村治安主任家看到桌上有一本司法解释，认真阅读才知道是最高人民法院对各地申报疑难案件的回复，我像发现新大陆一样异常开心，每一个月都去拿司法解释读本，这些书对自学中的疑难问题解答很有帮助。

我自考时认识了武警岳阳支队机动中队中队长胡习军，他为了方便我考试，让我住进了他的单人宿舍。我发现他书柜中有很多法律试题汇编，我才知道法律考试有模拟试卷。他看我爱不释手的样子，将购买的法律书籍打包送给了我。

书柜中还有《2000 年全国律师资格考试指定用书》《2001 年全国律师资格考试指定用书与全国律师资格考试复习指南》上、下册。这是我 2000 年、2001 年两次参加全国律师资格考试的痕迹。

看着书柜中的书，往事历历在目。如果没有这些书的陪伴，没有吸收这些书的知识，没有受到它的激励，我很难有现在的微小成绩。感谢这些书籍给我留下了生活的痕迹，它们也陪伴了我奋斗的历程。学法律让我获得了文凭，学新闻让我圆了记者梦。

（原载 2022 年 11 月 8 日潇湘原创之家）

一次难忘的经历

26 日，我与领导去市里参加一个业务培训会。

因上午培训期间接到几位老师要调档案的电话，吃完饭后我们便匆匆往回赶。因道路突发状况，我没能及时赶回去。我的手机不时响起，调档的老师都在询问我什么时候可以到办公室。有的说从贵州来一次不容易，有的说再不交档案会影响录用，请求我绕一下其他路线回单位。

最终听取了老师们的建议，迂回找路回城。司机将车调头朝右边一条小道行驶 5 公里，道路被设置的一台大型推土机阻挡。

司机让我沿着水渠前行，他重返公路过卡口来接我。趾骨骨折以来我一直没有走过远路，哪怕是在办公室上班，脚也要高悬着才不会肿，现在只能豁出去了。

光秃秃的公路一眼看不到尽头，没有一棵树可以遮阳。受太阳炙烤，额头上的汗珠大颗大颗往下滴，衬衣全部湿透，伤口开始疼痛。内心焦急，不知前方的路有多远，路通向哪里。经过一个拱桥，上面设置了一台手扶拖拉机横桥而立，我问司机是不是可以从这里过桥，司机让我按原路继续前行。

路过一个简易的鸭棚，里面传来阵阵狗吠声。蹑手蹑脚地走过这间鸭棚，不时回看狗是否追上来了。此时手机电量已不足，临近关机，我给司机发了最后一个定位。司机说我已经超出他停车的地方 2 公里了，只能返回。

路过原来经过的拱桥，手扶拖拉机拦了路，只能从车厢下爬过去。起身时全身是灰尘，手指也被玻璃片划破了。坐上车脱下鞋，这才发现脚已经肿得形同面包，汗水、脚敷的草药气味弥漫了整个空间。赶到办公室后四名教师簇拥在我身边，一声声感谢让我忘记了痛楚。

（2022 年 9 月 5 日）

出差途中

6月28日出差邵东，一段经历让我感受了他人的格局与心态的平和。

当天根据工作安排，县委组织部、县编办、县人社局和教体局一同派员前往邵东一中考察一位老师。原本安排早上7点30分出发，我查了一下高德地图，路程有300多公里，正常情况下需要3个多小时，考虑到其他因素，至少4小时。如果按这个时间赶到邵东正是下班的时间，工作只能推迟到下午上班。我建议7点出发，到邵东后分头考察，上午完成工作任务，吃完午餐后返回。

我的建议得到采纳，我们早上7点准时出发。上车前，我打开后车门准备上车，却被组织部杨辉、编办陈峰、人社局邓东升叫住了："海哥，你年纪最大坐前面，我们坐后面。"以我日常观察来看，副驾的座位空隙大一点，视野宽广，舒适度高。因此我自觉选择了后座。可他们盛情难却，我不好意思再推辞，坐到了副驾的位置。看似很小的事情，对我来说是感动，对他们来说是格局。

车辆启动后他们三人谈论各自相关工作，他们平时有业务上的联系，工作交往多，所以相处融洽。他们之间的交流让我感受了他们对工作的热情、业务的娴熟、视野的宽广。没有人显摆自己职业的优越，都是那么真实、热情。他们的内敛与为人处世的从容让我刮目相看，也让我对年轻干部有了全新的认识。司机技术好，又没有出现其他耽误时间的因素，我们上午10点30分就到达了邵东。

我们分两组到当地教育局、编办查阅相关人员档案、编制资料。工作完成后又会合前往邵东一中组织学校行政人员、教师座谈，12点完成了所有工作任务。

吃完午餐，司机在城区加满油后我们马不停蹄往回赶。早上出门比较早，上午一直在忙碌，大家趁返程的时间在车上闭目养神。两个多小时后，我感觉车身连续抖动了几下，有点异常。瞄了一下仪表盘，有几个故障灯亮了，司机将车停靠到了高速公路紧急车道。他打开引擎盖查看后再次启动车辆电源时，却怎么也启动不了。司机拍了一些视频与故障图片传给了后勤服务中心领导，后勤服务中心回复会派出技术人员来维修，顺便接我们回家。那个区域恰好信号很弱，发出的定位老在"转圈"，发不出去。

等了一个小时，服务中心领导来电话，让司机打救援电话将车拖至沅江南高速出口，确保我们人员与车辆安全。打了救援电话后说需要等半小时，半小时后再联系说其他地方出了交通事故，要再等半小时。在等待过程中，杨辉他们三人依然交流着工作，安排考察后的工作分工，全然像没有发生什么事情。太阳炙烤，无处遮阴，额头上的汗珠不停滴落，身上的衣服已经湿透。大家依然谈笑风生，十分乐观。一小时后救援车终于来了，此时我们已经在高速路上滞留了两个多小时，车上所带的矿泉水已经全部用完，人有点中暑之感。

故障车终于移到了救援车上，坐在上面车辆有点摇晃，他们互相打趣说坐的是双层巴士。车到沅江南高速出口不久，后勤服务中心派来的车辆到了。我们终于坐上了回家的车，这次出差感受了朋友的关心，看到了年轻干部的乐观、豁达。

（原载2023年7月2日潇湘原创之家）

有一种成长叫谦虚

几乎每一个行业都有师徒关系，只不过是分工不同，有的传艺、有的传技术、有的传写作、有的传执政经验……

不管师傅传授什么本领，学习效果与徒弟的品行有很大关系。如果谦虚好学，师傅会传授其一生的技能，甚至会将多年实践中的得失分享。对徒弟来说会少走弯路，加快成长速度。

一路走来，我有幸遇到了一位让我铭记一生的师傅刘子华。他将自己多年的写作经验毫无保留地传授了给我，把我从一个名不见经传的乡村"土记者"培养成了一名正式的党报记者、宣传部新闻干事。

他还帮助我出版集子，亲自作序，调整章节，联系出版社。至今，无论他调离或提拔，我没有称呼过他的职务，一直叫他"师傅"。只有这样才能最好地表达我对他的感激和敬畏之情。

从事档案工作十余年，领导考虑到我身体、记忆等方面的因素，决定招聘一名新的档案管理人员接替。通过考试、面试，吴玲脱颖而出。局领导安排我带她学习一段时间，我便成了她的师傅。

我与徒弟称不上真正意义上的师徒，只不过存在一种工作上的交接。我之前是自己摸着石头过河，通过学文件、实践操作才逐渐熟悉档案业务。

首次相见，吴玲的态度很诚恳，她说："师傅，我是新手上路，您要有耐心。"说话温婉、有礼有节，彰显出她恬淡、优雅的素养。经过我初步介绍，她开始实践。

档案室每天都有人查阅档案、咨询问题。她记忆力很好，我交代过的事她都能记于心，镇定自若地去面对和解决问题。偶尔有疑惑的地方她会向我请教："师傅，这个月的退休档案怎么编号？"

这是她第一次经历这样的事，我告诉她退休档案布局，在电脑上指点如何编号。她会谦虚地说："有师傅帮助，我感觉很踏实，很有安全感。"

档案工作单调、烦琐、操作程序严谨，从事这项工作的人，不仅思想觉悟要高，能坚持办事原则，而且要坐得住，耐得烦，守得住初心。档案工作成效不像其他工作夺人眼球，它是一项默默无闻的机要工作，只有开始，没有终结。

每年有大量资料要入档装订，新进人员档案要整理，工作都是重复、机械的，从事这样的工作，不淡泊名利、没有奉献精神的人是很难长期坚守的。

吴玲进入机关前在毗邻县城的一所中学担任教务主任，不仅领导器重，还有着乡镇津贴、课后服务补助等方面的待遇，到机关后这些全部没有了。

有人问她："你以前的工作交通方便、上班自由、待遇好，何苦到机关从事档案工作。"她嘿嘿一笑："人各有志，自己喜欢就是最好的。"话语简单质朴，留给我的印象是乐观、开朗、有主见。

档案室看似鸡毛蒜皮的小事，只要有一点疏忽，问题就会层出不穷。2019 年暑假一个教师调离，审理档案时发现没有函授本科文凭。我已经习惯资料登记时相互签名，查看当年没有登记记录，于是我委婉地告诉他回家找一找。

次日，这位老师果真带来了文凭资料，连声向我道歉："误会了，资料在自己手上。"面对这样的情况，如果不习惯记录和签名，以大多数人的思维，肯定是档案室的问题，实则不然。

吴玲听我分析个案后认真做了记录，她有感而发："感谢师傅及时警醒，真的不知道日常细节如此重要，对我的触动真的很大。"通过日常观察，我发现她不串办公室、不闲聊，要么在档案室帮人查阅档案复印，要么在电脑上根据姓氏编辑资料柜号……

工作之余，吴玲还善于学习，将心得体会写成文章发表。这是难得的沉淀，让我很惊讶。我从 1993 年 3 月发表第一篇文章至今，写了近 30 年的文章，看她写的文章《坚守，秉承英雄的荣光》，第一感觉是思路清晰、格局大。她将上班一个月来的心得体会与主题融合，真情流露，体现了对档案工作的热爱与坚守。

文章发表后，引来赞誉连连。有人说她热情、能干，有人说她文笔流畅、书法隽秀。这是因为她谦虚、勤奋才有的共识。

（原载 2022 年 10 月 15 日潇湘原创之家）

再当编辑

我曾经在报社从事过记者工作、当过编辑，也干过几年宣传部新闻干事，这些工作都与新闻写作息息相关。后来调整岗位，十余年没再写过新闻，即便动笔也只是记录一下生活、工作感悟，留下一些岁月的痕迹。

9月30日，华容县教育基金会新任秘书长李兴中与我交流，基金会设想办一份内部报纸，通过纸质媒介宣传基金会的政策、爱心人士的善举，引导更多的人参与慈善事业，为唱响华容教育注入新的活力。

听闻，我对他的思路与站位推崇不已。办报纸不是件容易的事，不仅审批程序严格，而且稿件要有质量，懂得编辑，会版面设计，这样办出来的报纸才会美观，内容新颖，具有可读性。

李秘书长想请我出面负责采访、组稿、编辑等相关事宜。写新闻是我的爱好，也因为写新闻改变了命运、实现了梦想，所以我对新闻宣传工作情有独钟。加之以前当过编辑，熟知一些常识，对报纸的组稿、采写、编辑、排版的流程心中有数。出于他对我的信任，我不假思索答应了他的要求。

经过策划，我们几易其稿拟定了创刊计划，包括报刊名称、出版时间、版面安排、栏目设置、人员配备、经费预算。后经领导审阅、商议，办报纸的事情定下来了。

10月12日，李秘书长告知我，县教育基金会新任理事长吴葆春要到状元湖实验学校调研基金分会筹备进展情况，让我一同参加采访。我欣然前往，重操旧业去采写第一篇现场新闻稿。

吴理事长调研的状元湖实验学校，是今年暑假由华容县教师进修学校更名而来。这所学校从2003年开始创办初中，经过20余年发展，教学质量和声誉逐渐提升，得到了社会和家长的广泛认可。根据今年春节县委常委议教会议精神，状元湖实验学校9月开始筹备基金分会。目前情况如何，吴葆春理事长十分关心。

在会议室里，吴葆春理事长与校委会成员一一握手问候，并风趣地说："状元湖这个校名起得好啊，以后会多出状元。"

因本学期校委会成员进行了调整，李兴中秘书长逐一向吴理事长做了介绍。"不错，一个个精神抖擞，有干事的气魄。"听完介绍，吴理事长对校委会成员的精神风貌给予了肯定。

紧接着，状元湖实验学校校长严庆红汇报了基金分会前期筹备情况。据介绍，一个月的时间已经搭建好了班子，推选出了基金会会长；先后联络了长翔实业、沁峰机器人、东颂电子等企业家及相关单位负责人，达成了捐资助学的意向，目前已收到企业、个人捐款16万元。严庆红校长还就学校募集资金存在的困难及后段基金分会发展思路做了汇报。

吴理事长边记录，边不时点头赞许。他说："状元湖实验学校地方好、群众口碑好、新班子搭配得好，基金会的工作一定会干得更好。"

理事长的鼓励让大家信心十足。吴理事长继续语重心长与大家交流："筹备基金分会既是落实县委、县政府部署工作的需要，也是社会助力发展教育的需要。只要大家齐心协力，通过几年的努力，盘子一定会越做越大。"

"捐资助学确实是很有意义的事，我们学校2022年就奖励了优秀学生、资助家庭特别困难和患重病的学生 80 人，资金达 8 万元。"工会主席万里鹏结合自己分管的基金会工作有感而发。

"这就是基金会工作的成效，你们做得很好，要继续做大盘子，帮助更多需要帮助的人。"吴理事长的鼓励与嘱托让大家无比振奋。

严庆红校长信心满满地接过话头："请理事长放心，我们有行动、有方法让基金会发展壮大。"

"我相信你们有能力把'蛋糕'越做越大。"吴理事长对学校基金会工作寄予期望。

调研结束后，吴葆春理事长饶有兴致地参观了状元湖校园建设。高端大气的校门、装饰一新的教学楼、宽敞洁净的林荫大道、绿草如茵的运动场……学校的变化一幕幕映入了理事长的眼帘。

"一个地方发展好不好、快不快，教育就是最好的见证。县委、县政府把教育放到优先发展的地位，也取得了可喜的成绩，你们要趁势而上、敢于作为。"理事长浓浓深情，殷殷嘱托，增添了校委会成员壮大基金会的动力与信心。

采访结束后，我思考采用什么方式来写。如果用新闻稿写不出活动场面，也写不出人物精神风貌。拟一个调研标题做新闻，读者仅看一个标题就知道内容是什么，很难吸引他们再阅读。而采用通讯形式比较灵活，可以刻画人物形象，叙事更详细，能让读者有身临其境之感。

我斟酌良久，写下了通讯标题——"浓浓深情，殷殷嘱托"，采用通讯手法将人物形象、现场氛围展现出来，达到了我想要的效果。

之后，我开始组稿、设计版面，报纸顺利面世。这是我时隔十余年后再当编辑，依然感觉激情澎湃。

（原载 2022 年 10 月 19 日潇湘原创之家）

一句不经意的话

某晚正伏案写作，朋友发来一条短信：雨声混着桂花的香气，太舒服了。一句不经意的提醒，顿时让我感受到了一种美好与惬意，思维立马活跃起来。

朋友也喜欢写作，她的一句"雨声混着桂花的香气，太舒服了"是想给我提写作意见，又担心说得太直接让我难堪，于是用一句高情商的话提醒。文章像她这样略加修饰，同样的事写出来，带给读者的意境与感受完全不一样。

我停笔静坐，思考她这句话的文学修饰，似有大彻大悟之感。我曾经看过一篇文章，说的如何写作，其中有一句话说"过度的修饰是无病呻吟，也不符合时代气息"。

写一块石头用几百字刻意去描述，那就失去了主题本身的意义。如果能简单修饰一下，就会起到画龙点睛的作用，与光秃秃生硬地写石头产生的美感完全不一样。自然的美感会让读者在脑海中产生无限的遐想，思路会变得更加清晰，也会感受到写作的快乐，这就是文字修饰后的魅力。

雨声混着桂花的香气，这就是很自然的修饰，天然而成，没有让人感受到刻意为之。认真分析这样的语句，精致简洁，又让人浮想联翩。一句话描绘出了一幅恬静的生活画卷：一个人独倚窗前，静看细雨纷飞滴水而落，微风摇曳树枝，一阵阵桂花的清香透过窗户，飘散到了房间，清香沁人心脾。那个倚窗而靠的人举着高脚的玻璃杯，轻轻地晃动杯中红酒，小小地抿了一口，抬头眺望着窗外风景，顿生惬意，感叹夜晚宁静的美好与生活的甜蜜。

同是一句"雨声混着桂花的香气"，给我呈现的却是一幅曼妙、充满诗情画意的美景。从大处说，看到的是国家的繁荣昌盛，从小处说，看到的是人民的安居乐业。我们真是生在红旗下，长在春风里。

这就是文字修饰的魅力，在自然、淡雅中彰显着它的超凡脱俗。有人说我："阅读完你的文章，虽然有一些感受，但是太直白，没有回味的余地与遐想的空间。"他们其实就是想说缺少文学修辞，文字没有感染力。

一直想学会文字语言的修饰，让文章得到渲染、有可读性，为此在网上学了不少写作手法，如象征、衬托、先抑后扬、托物言志、借景抒情等。但在写作中感觉运用起来并不得心应手，写出来的文字和往常一样大同小异。只有朋友直言提醒时才会在写作时停顿一下，认真去反思如何完美一点。

正如朋友的一句"雨声混着桂花的香气"，语句看似简单，但是通过景物的描写衬托出了作者的喜悦与个人的情感，既含蓄、有暗示，又让我在欣赏中获得独特的美感与享受。

（原载 2022 年 10 月 21 日潇湘原创之家）

每一天都值得庆祝

在网上浏览文章，看到一个作者说了这么一句话："深信每一天都值得庆祝。"话语中饱含哲理，只有经过一番历练、沉淀后才会有如此超凡脱俗的意境与豁达。

我们不管是读书还是工作，每一个人都有自己的喜好与奋斗方向。我发现身边的人有的学历不高，但胸襟宽广、有良好的心态，善于看待人生得失，每取得一点成绩都会十分欣慰，感觉过往的时光都十分有意义；有的人能力强、目标大、心无止境，往往注重结果而忽视了过程的快乐，还容易患得患失。

现代诗人汪国真写了一首诗，题为——热爱生命，其中有一句是："我不去想是否能够成功，既然选择了远方，我只顾风雨兼程。"他的意思是不要过多地去考虑结果，选择了就努力去奋斗，尽心尽力就好。

西安交通大学校长王树国在 2022 年毕业典礼上说："生命的价值不在于成功的那一刻，而在于为成功而奋斗的历程中。"所以我们奋斗的每一天，只要保持良好的精神风貌，脚踏实地，哪怕是进步一点点，我们都要感谢时光对自己的眷顾与青睐，让我们逐渐成熟。

当然，人非机器，遇到不顺心意的事或挫折，情绪波动也是很正常的事。我也有过迷茫的时候，曾有令很多朋友羡慕的平台、一条能够顺理成章走上仕途的路，因自己的性格弄得跌跌撞撞。看着以前的同事、熟悉的朋友，一个个经过历练后走上了领导岗位，我却远远地落在了后面，与他们相见时我变得自卑，变得不愿出门，不愿与人交往。

如何去改变自己？儿子帮我找到了方向。他说："爸爸，你是我的偶像，你喜欢写作就把这条路走下去，如果想出书我打工赞助你。"儿子不但不责怪我无能，没有给他创造好条件，反而给我鼓励，加之他日常总是发来振奋人心的好信息，正能量满满，从那以后我找到了方向，业余时间专注于写作，不管质量怎样，感觉每一天都特别充实，无暇顾及其他不悦的事情。

我再无任何杂念，一心一意做一件事，人开朗了，从容了，心情好了。有的人生活在幸福之中，却难以感受到快乐，总感觉处处不如人意，都是他人好。或许你也有让人羡慕的地方，只是你自己没有发现。什么才是真正的好？听完一个明星说的话应该会让我们明白很多。

这位明星说："世界上最贵的品牌汽车躺在我的车库里，但我必须坐在轮椅上。我的房子里到处挂的是名牌衣服，但我的身体却被医院的白床单覆盖着。我银行卡里的钱都是我的没错，但对我来说除了交医药费已经没有用。我的房子很漂亮，就像一座城堡，但我却躺在医院狭小的病床上发呆。能给数千万人签名时，我心情十分激动，现在只能怀着沉重的心情在医院处方上签名。我有七个美发师给我做头发，如今头上一根头发都没有……"

她感慨："金山银山都不如平平安安，健康地活着比什么都重要，好好地对待自己的身体。"

在历史的长河中，我们每一个人都是沧海一粟。过去的风浪与坎坷、努力奋进都是为明天打下基础。不管遇到什么样的天气、什么样的人、什么样的事，世界都依旧精彩地展现。

生活中一切顺流和逆流，皆因心中的大海无限广阔而风平浪静。
我们过去的日子有追求，未来的日子有期待，每一天都值得庆祝。

（2022 年 10 月 31 日）

一种友情用行动诠释

他叫段佳，《岳阳晚报》社记者、编辑。我们相识有20多年，平时没有过多的交往，只是偶尔通过电话、微信联络一下。彼此知晓对方性格，相处没有客套，大大咧咧，真挚的友情伴随岁月的洗礼延续至今。

段佳日常的品行和生活细节，看似简简单单，却是粗中有细。与他在一起，他会把事情安排得妥妥当当，让我不得不佩服他的精明能干。他经常邀请我去岳阳小聚，说放松心情有利于写作。而我随着年龄的增长，一年也难得去岳阳两三次。偶尔去长沙经过岳阳，却很少停留。

有一次我从长沙回来，段佳漫不经心地问了一句："哪趟车，几点到岳阳？"我告知了车次。我刚到岳阳火车站出口，一眼就看到他在人群中向我挥手。

"你怎么在这里？"我问他。

"刚好路过。"他回答我。

有这样巧合的事？我明白他是专门在这里等候。盛情难却，只好在岳阳停留。一餐小酒，听着他谈写作体会，直言不讳地点评我的文章风格，我从他的点评中受益，不知不觉已到深夜。

今年11月10日，我接到县人社局通知，次日早上到岳阳参加伤情鉴定。我将时间、地点通过微信告诉了段佳。他将电话打过来：

"我下午来接你。"我知道他言出必行。上午他处理好手上的事情，下午如约而至。我就这样轻松坐车到了岳阳，不用担心次日早上会误时，也不会显得匆忙，他考虑问题总是这么周全。

车在一宾馆门前停下，段佳告诉我住宿安排在这里，离第二天集合的地点步行只有 5 分钟的距离。次日早餐后，他陪我到了集合地点。原通知的地点正在办一个大型的博览会，没有看到集合的队伍与大巴车。

我是一个很看重时间节点的人，面对突然的变化，内心开始着急。他却十分镇定，带着我围绕会展中心转了一圈，依然没有看到集合的人员与车辆。

原定的时间到了，我还不知道目的地在哪，开始显得有些慌张，担心错过这次机会又要等到下一个月。我们通过努力打听到目的地不在市区，我不知道距离有多远，流露出了急促不安的神态。段佳安慰我："我知道地方，我送你过去。"直到他将我送到目的地，我紧张的心情才得以放松。我是个缺乏主见的人，如果不是他相送，我真有点不知所措。

我让段佳回去上班，他看到天气炎热，我手上拿着衣服，提着一袋会计凭证很不方便。他从我手上接过衣服与资料袋："你进去鉴定，我来给你保管物品。"

鉴定结束已经是上午 11 点，段佳又叫来车将我送到市区就餐。他就是这样一位仗义、用行动诠释友情的人。

（原载 2022 年 11 月 14 日潇湘原创之家）

一场感恩的婚礼

我有一个梦想：等儿子结婚那天写一篇有关他婚礼的文章收录到散文集中，作为我第二本散文集的收官之作。11月27日，儿子婚礼如期举行。作为父母，看他找到称心如意的伴侣，进入婚姻的殿堂，我们发自内心地感到欣慰，满满的幸福感。

子女们的婚礼对其他父母来说必定会超前计划、认真筹备，甚至会向有经验的人讨教，尽量周全完美。而对我这个简单的人来说，做什么事情都希望像我做人一样简简单单。庆幸的是一切如我所愿，我和亲家仅五一假期见了一次面就将事情商定下来。亲家的理解、支持让我在这上面没花什么心思，直到儿子婚礼前一天我依旧正常上班，没有请一天假去张罗这些事情。儿子、儿媳也是工作到25日下午才回老家。

婚礼上，儿子、儿媳相互告白，竟然感动得我湿润了眼睛。儿子是个孝顺、懂得感恩的人，平时生活、工作上我对他关心很少，偶尔与他交流发现他说话语速较快，担心他在台上说话会紧张，表达不清自己的意思。于是我建议他将稿子发给我看看，替他把下关，他没同意。直到现场告白，我才明白他是多么阳光、成熟、稳重，始终面带发自内心的微笑。他的亲切、大方给人留下了很深的印象。

儿子对他的妻子说："对于世界而言，你是一个人；但是对于我而言，你是我的整个世界，我虽不是腰缠万贯，但我有一颗至诚至真的心来呵护你的一生。你的出现让我本来的人生剧本从庸俗的生活剧变成了灿烂夺目的喜剧，我会尽更大努力演绎出更多璀璨的浪漫剧情。宁可苦了我自己，也不会让你受委屈……"一个男人的责任与担当在简单的话语中得到诠释，让我感动，两行热泪奔涌而出。

儿媳的告白，也让我认识了一个全新的儿子。她说："你为了让我玩得开心，可以在楼下等我两小时，你可以为我做好可口的饭菜等我下班，你可以承揽所有的家务让我安心休息，你可以为了我改变偶尔抽烟、嚼槟榔的习惯……"原来儿子为了所爱的人可以变得细腻。我为他们的互相欣赏、互相体贴感到无比自豪。

他们的恋爱过程，证婚人需要了解一些情况，于是我找他们要了点资料。儿子 2019 年进入一家创业公司，因勤学肯干，很快成长为研发部技术骨干。2020 年，儿媳进入同一家公司，因有业务上的对接，他们于 2020 年 10 月 30 日相识。同事间经常一起打羽毛球、爬山、旅游，两人渐生情愫，有了好感，从相识、相知、相恋，水到渠成，进入婚姻殿堂。

婚礼简单，我们要感谢的人却很多。感谢长辈、亲朋好友对儿子成长的关心、呵护，让他在友爱的环境中健康成长。他因阳光、心地善良、勤奋、有担当，工作上遇到了贵人，有了更好的发展机会。感谢单位领导、同事的宽容、大度，让一切顺顺利利。感谢同学、朋友千里迢迢来到现场，让婚礼蓬荜生辉，气氛热烈。

一场简单的婚礼，天公作美。当天早上下了一场小雨，气温适宜，空气新鲜。这场婚礼上每一位嘉宾的肯定与祝福我们都看在眼里、记在心上，在以后的时光里去感恩。

（原载 2022 年 12 月 10 日潇湘原创之家）

菜园子里有文化

菜园子里能有文化？有人会质疑。在华容县教育体育局这确实是一种文化。下班后、双休日都有工作人员在菜地精心耕种小菜。工作的交流、种菜技术的比拼、浇水和施肥时的欢声笑语，呈现出一幅其乐融融的画卷。

县教体局是一个很有文化底蕴的地方，庭院四周围墙、办公室走廊、电梯间都有名言警句、书法字画，每天渲染激励着工作人员踔厉奋进。办公楼里建有宽敞明亮的图书室，休息时一杯清茶，坐下来静读各种理论、历史、现代书籍，让人置身于文化的海洋之中，汲取无穷的养分与力量，让自己的胸怀、视野随着书香的弥漫变得宽广，更加执着于自己平凡而有意义的工作。

健身房里乒乓球、台球、举重、跑步、拉伸的各种体育器材一应俱全。练练身，出出汗，成了机关干部的常规动作。四方桌摆上一盘象棋，两人博弈，你移卒，他出车，一挪一放，你来我往。难分难解之时，静思出奇招，结局惊心动魄，胜负猜疑不定。将遇良才，难定输赢。棋盘再放，更加小心谨慎，或诱敌，或声东击西，输赢不再注重，思路洞开哈哈一笑。这种交锋丰富了机关干部的文化生活，陶冶了情操，融洽了关系。

机关前坪有一块地闲置了多年，平时荒草萋萋。"闲置的地开发出来种菜，让机关干部尝试农耕，在自娱自乐中延伸机关文化。"局党委书记、局长包金跃萌生了开发荒地做菜园的想法。班子成员赞成，机关干部拥护。说干就干，雷厉风行。翻耕、整厢、施肥、抽签……从局长室成员到机关工作人员、临聘人员都分到了自己的"责任田"。

同事之间互相帮助，提供所需的种子与菜苗，有大蒜、小白菜、苋菜、韭菜苗，有的购来青花菜、油麦菜、甘蓝……不管是否曾经种过菜，大家形成了一个整体，有经验的逐个指导，没有实践过的谦虚学习。我帮你种菜，你帮我浇水，同事之间配合默契，协同耕种，很快荒芜的土地变得绿意盎然。

为了保证菜苗的长势，有的在双休日收来农家肥，有的从山里掏来了养分很足的黑泥土撒播在土厢里，有的特意买来了化肥。双休日，菜园成了欢乐地，有的夫妻双双，有的父母参与，有的几代人同耕一块菜地，呈现出一幅祥和的田园农耕图。

同事们平时各自在办公室忙碌着，很少串门交流。有了菜地以后，大家利用休息的时间到菜园逛逛，或交流工作，或浇水施肥，或交流种菜的体会。社会体育股夏杰说："劳动让我快乐，让我有更多机会与同事交流。"

我虽出身农村，因有父母操心，我种菜一般只做些辅助性的工作。不知道怎么育苗，不知道什么时候种什么菜。现在亲身体验后，感受到了很多快乐。我除了上下班走10余分钟路程，平时运动量不大，办公室一坐就是七八个小时。回到家里不是写作就是看电视，感觉身体与以前相比有了明显差别。有了菜园后，中午在菜园逛逛，晒晒太阳补钙，给菜浇水、施肥，运动多了，精力也充沛了很多。

我们种的是一块菜地，辐射的是一种农耕手艺的传承与魅力机关文化的延伸。既培养了勤劳、节俭的习惯，又丰富了业余生活，促进了同事之间、家庭成员之间和谐的人文关系，同时在点点滴滴中用实际行动践行新农村建设。

（原载 2022 年 12 月 18 日潇湘原创之家）

送财神

正月初二，一位老者"送财神上门"，口中皆是赞美之词，母亲给了一个红包致谢。像老人家这种祝福的仪式，现在已经很少有人去做了，这让我想起了儿时自己送财神的往事。

小时候经济条件不如现在，过年添置点新衣服、手中有几毛钱的压岁钱，便会乐滋好几天。别小看几毛钱，当时发挥的作用可大了，喜欢的图书只要一毛多钱一本，很多零食都是用分计算。

我读小学五年级的时候，父亲任生产队的会计，偶尔会在抽屉中放一点点现金。虽然上了锁，但拉出相邻的抽屉，从抽屉隔缝中将小手伸过去，可以"盗"得一角、五角的钞票。我估计父亲经常为数目不对绞尽脑汁，不知是我让他管的现金有出入。

手中有五角钱，我在同学中可以说是众星捧月。我买两分钱一粒的姜糖、五分钱一包的瓜子犒劳他们，也买小人书给他们看，为此不少同学对我前呼后拥。

不知是钱不够花还是想锻炼自己的胆量，我做了我现在不敢做的事情，那就是正月里送财神。财神上门，富贵平安，主人家欢喜，会给些零钱或物质回馈。小孩在正月里有很多娱乐方式，有的跟随大人一起"玩龙"，有的几个小朋友自己动手用稻草扎草把龙玩耍。不玩龙的时候我会选择单干，去给农户送财神。

我步行到五六里外的供销社，用一毛压岁钱买来一张大红纸，然后在家里铺平折叠，裁剪成数个长方形的条子。再用毛笔蘸着墨汁在裁剪好的红纸上一笔一画写上"正当行时"四个字。待字迹稍干，一张张按顺序整理好。估计了一下要送的户数，背上掏空的书包，哼着歌曲连蹦带跳，开始到前面一个小队送财神。

到了第一户人家，出门时信心满满的我胆怯了，怕人笑话，也担心自己忘记送财神的赞美之词。给自己定了定神，鼓起勇气走进了第一户人家。这户人家姓王，两口子在堂屋中围着临时砌的火炉烤火，屋里烟雾缭绕。我不管三七二十一，站在大门中间念着背诵了数遍的祝福语："财神菩萨进门来，一年四季管招财。堂屋四个角，金子银子用'皮撮'。堂屋四四方，金子银子用仓装……"老板起身接过"正当行时"的红纸张，掏了一下衣服口袋。没有现金，他进入厨房给我拿了一块糍粑。

我接过糍粑，十分开心，又赶往第二家。这一家是我母亲的熟人，我有点不好意思张口，既然来了，还是壮着胆子照葫芦画瓢背诵了一番。他们笑盈盈地朝我走过来，递给我一张一毛钱的钞票。他们夸我："不错，有胆量，以后一定是个角色。"

一毛钱对我来说是惊喜，已经超过我的设想，算是大面额了，只有与父母关系好的人家才对我如此特殊对待。

我经过前两户的锻炼，到了第三户胆量大了很多，没有了畏惧感，口齿清楚了，声音洪亮了，这次获得了一分钱的回赠。这样坚持一户一户地送财神，一上午走完了三个小队。回家清理成果，除了一张一毛的，其他都是一分、两分的硬币，共有八毛钱，糍粑20多块。这一天算是小有成绩了，当时的人情往来也不过两元、三元，不像现在送三百元都不好意思。

条件在不断改善，生活水平在不断提高，人们过年的方式也有了不同。老年人依旧习惯欢聚一堂，其乐融融。年轻人思想逐渐开放，有的趁着假日外出旅游放松心情。送财神成了脑海中的记忆，这种经历锻炼了我的胆识，为我今后成就梦想打下了基础。

（原载 2023 年 1 月 28 日潇湘原创之家）

学木匠的往事

　　我从学校步入社会时，铁匠、泥匠、木匠、缝纫等手艺在农村十分盛行。有一门手艺不仅让人高看一等，而且可以增加家庭收入。特别是有手艺的男士受女性青睐，谈对象容易得多。父亲想让我有一门手艺养家糊口，于是让我跟随姑父去学木工活。

　　当时，木工活特别多，不仅是造房子离不开木工，儿婚女嫁都要请木工做家具。做木工要使用很多的工具，一般上门都会挑一大担，有木马、斧头、锯子、凿子、手工钻、墨斗、尺子、刨子等必备工具，每一种工具都有它不同的作用。

　　斧头用来把大块木材没用的边角砍去，很省工；锯子有三四种，大锯子用来锯尺寸较大的木材，小锯子用来处理木材上比较精细的部位，如将镂空部位掏空；凿子有大有小，有宽有窄，形状有尖头的、圆头的、方形的，可以根据要求凿出不同的孔眼；刨子主要对木材的表面进行抛光处理，将高低不平的木材变得平整；手工钻用来打孔、做榫卯结构，在各个零件之间钻取不同的孔进行嵌入式连接。

　　当学徒，第一件事要学会磨斧头、刨子、凿子等工具，让其锋利好使。看似简单的事却有技术在其中，磨的工具、角度、方法都有讲究，如果磨成了平口，厚薄不一样，使用起来会费力。刨子的装法亦是如此，如果刨刀伸出太多，刨的厚度就深，如果伸出太少，没有力度效率低。这些都是学木工的基本功，熟悉了工具的性能，使用起来才得心应手。

我学木工是苦于没有办法改变现状，加之隔壁的同学正在学这个手艺，经常给家里做些东西，也受女性喜欢，我才跟随姑父去学艺。学木工是上门活，我们去的第一户人家是做农具推车。就是前面一个大木轮子，后面架着两个长长的扶手，可以运送农资物品，也能装很多东西，比肩挑省力，农户大多配置了这样的手推车。

上门做木工活，主家都会很客气，伙食比平时自己安排得好，我就这样每天享受着不同的美食。打磨工具的基本功有了，我开始按照姑父画好的墨线用斧头砍掉多余的边角材料，用锯子分割木块。锯子一上一下来回移动很耗体力，经常让我满头大汗。刚开始拉锯子时感觉很容易，后来才发现锯出的木条上下两面宽度不一样。上面按墨线锯得很直，可下面却锯成斜的了。姑父拿过锯子，手把手教我，身子站直，锯子拉直。他锯好的木条上下宽度一样，而我动手操作，仍然上下两面有差异，没那么均匀。两天时间推车做完，我们又赶往下一家。

第二个客户是结婚做家具，有两门柜、梳妆台、五屉柜等。我们依旧是斧头、刨子、锯子、凿子等工具轮番使用，不同的是我开始学习凿榫头，按照姑父画好的墨线用凿子凿不同的深度。有的榫头是直的，按标准凿穿就好，有的榫头有斜度，前面高后面低，这样插入榫头更紧凑、牢固。我们做的家具十分厚重，一个柜子要两三个人才抬得起，几十年不会损坏变形。后来才发现木工手艺里有高人，父母买了一套过路销售的家具，很轻薄，手重一点就能砸出一个孔。我们做一套家具的材料，过路的大师至少可以做六套，当然这套家具便宜，用不了几年就散架了。我只是佩服别人手艺精湛，能做如此薄度的家具销售。

　　我学木工活没有同学那么专注，有时遇上客户家同龄人，也会丢下手中活侃大山，与他扭扁担比耐力。姑父不时批评几句："学就用心学。"后来闲着无事，也想看看自己的技术，我做了一把小椅子。弹墨线、砍材料、凿榫头、刨子抛光……椅子做好后，发现榫头都是活动的，坐在上面椅子会散架。我只好在每一个榫头处钉一颗钉子。本来榫头凿得好是不用钉子的，看着自己学习了三个月的成果真是啼笑皆非。

　　我好像志不在此，总幻想有一个稳定的工作。母亲背着我给我算了个命，先生说我一生是吃笔杆子饭的，迟早都会离开这里。当时没放在心上，只感觉现实与理想相差太远。学木工不是我喜欢的方向，也沉不下心了，于是我放弃了学木工手艺，选择了自己喜欢的文学之路。

（2023 年 7 月 19 日）

初写广播稿

1989 年步入社会后，我依然保持写作的习惯。虽向报刊投了一些稿件，但从没写过广播稿。一次去乡政府采访，遇上了乡广播站的播音员彭姐，她关切地对我说："你有写作的爱好，可以发挥特长给乡广播站写些稿件。"

彭姐的提醒让我心动了，何不尝试一下写广播稿？我做什么事都很较真，专门买来了那种有格子的专用稿纸，极少有人花钱去做这样的事。每逢采访到新闻内容，我就一个空格写一个字或一个标点符号来练习写稿。有时一篇稿子要誊写四五次，直到认为表达清楚了、字迹工整了才送广播站。

那时送稿件不像现在这样方便，电脑轻轻一点文章就发送到了指定的邮箱。当时条件受限，每一篇稿件都只能亲自去送。我家距离乡政府有 8 公里左右，交通工具就是自行车。不管是炎炎烈日还是狂风暴雨，我坚持有稿必送，从来没有感觉到天气的恶劣与路程的辛苦。我这些"怪异"的行为让很多人无法理解，有人甚至认为我不务正业。心思没放在农业增产增收上，乐此不疲地去做只有付出没有回报的事。

广播稿是每天早晨利用有线广播在全乡播报一下，不像纸质报刊留下文字。那时候农户一大清早到隆庆河去挑一天的用水，他们一边挑水一边听着广播，有人路过我家时会好奇地问："广播里刚播的内容是你写的？"其实我也听到了，爽快答道："我写的。""不错，有文采，有水平。"虽然投稿是义务的，但是听到人夸奖还是挺有成就感。

后来，乡党委分管文教的蔡委员看我给乡广播站写了不少稿件，他鼓励我向县广播站投稿，我又开始向县广播站投稿。首发《幸福供销社安全工作常抓不懈》《幸福教育组促学控流有"良方"》都被采用，后来又陆续写了表彰先进、学生安全等50余篇广播稿，全部被县电台采用并发来了用稿通知单。至今，我的稿件剪辑本里都粘贴着县广播站的数张用稿通知单，看到这些单我便会想到当年执着于梦想的情景，佩服自己的恒心与毅力。

当年的兴趣与激情，如果用现代人的思维来衡量，肯定会有人说"傻"得不可理喻。劳神费力的事，除了能广播一下，没报酬也耽误农活，何苦得不偿失。其实也不是没有一点收获，至少名字让很多人熟悉了，再去乡政府采访有人信任了，采访起来更加方便了。

现在年过五旬，我依然还保持着自己这点小小的兴趣爱好。工作之余，只要有题材，我便会孜孜不倦。因为写作不仅可以让自己变得充实、开朗，而且可以听到朋友们对文章修改的诤言，拓宽了自己的思路与视野。看着过往的稿件，回味生活的痕迹，懂得了天道酬勤的道理。

（原载 2021 年 5 月 1 日北方写作）

这个年味带着甜

正月初七晚，人大徐主任在我转发的文章后留言："分享一下过年的感受。"我们相识多年，他的指向我心领神会，当即回复"OK"。

我在县城工作21年，一直有回乡下陪伴父母过年的习惯。现在父母都是80岁的高龄了，陪伴他们的愿望更加强烈。听老人们说，有新婚夫妻第一年要在自己父母家过年的习俗，儿子、儿媳是新婚，于是我们准备破例在县城过头一次年。

腊月二十八日中午，儿子、儿媳从长沙回到了家里。他们有一个心愿，希望我能学会开车，之后他们将车送给我。我虽考取驾照八年了，却对开车兴趣不大，既担心自己的技术，又感觉养台车很麻烦。儿子、儿媳轮番做工作，为了遂了他们的心愿，我只好出门练车。

儿子在我单位附近开车观察了一下路线，选择了职业中专前面的路段。他向我交代了注意事项与操作要领后，我按他的指令启动了车，先练习直行，然后练习转弯、掉头。我是个胆量很小的人，只要看到前后有车辆驶过就紧张，明明从后视镜中看到车辆还有一段距离，却非得等车辆过了才敢掉头。来来回回练习了一个小时，才稍微对车有了一点点感觉。

次日早上，儿子将车开到了政务中心后面空旷的地方。这里车

269

辆很少，我的心情放松了很多，依然练习直行、掉头、转弯，重点练习踩油门、刹车的感觉，做到轻踩轻放，减速、停车没有触动感。几番练习巩固，儿子看我逐渐熟练起来，又开始指导我学习倒车入库。虽然曾经考试过了，现在再练如同新生。不是进不到库，就是压线。要么一边宽一边窄，不会修正。心灰意冷之时，想起自己7年自考都坚持下来了，加上儿子、儿媳殷切的希望，又坚定了信心。

中午吃团圆饭时，儿媳鼓励说开车熟能生巧，多开几次胆量就大了，以后回家看爷爷奶奶方便很多。这是我学车的唯一动力，说到我心坎上了。儿媳很聪慧，脑瓜子灵泛，在我们家集财政、人事、调度于一身，加之在公司从事人力资源管理，她的名中有一个"鸥"字，所以我们一家人平时交流都称其为鸥总。这既是对她能力的肯定，也是她家庭地位的体现。

不管是去长沙还是他们回来，小鸥都会叮嘱："爸，你的脸色蜡黄，要去医院检查肝、肺。要把烟戒了，少喝点酒。不是我们舍不得，是家庭条件越来越好，保重身体是最重要的。赚钱的事你们不用操心，交给我们去做。"她平时会从网上购买水果、零食邮寄回来。他们婚后第一次走亲戚，作为父母我们也准备了一点礼金，这也是情理之中的事。可小鸥说他们自己的事自己负责，爸妈身体好就是对他们的最大帮助。我懂他们的孝心，顺从了他们的意愿。

小鸥还问我："爸，你脚受伤的地方好点没有？"

"穿硬鞋底就感觉有点痛。"我实话实说。

"那吃完饭我们上街给爸爸买鞋，给妈妈买些衣服。"小鸥做事习惯雷厉风行，他们收拾完餐桌，清洗碗筷后怂恿我出门："爸，上街买鞋去。"

"不去，你们结婚的时候买了一双，才两个月，买多了浪费。"我回复他们。

"买双软底的，穿着舒适。"小鸥极力劝说。盛情难却，我只好跟随他们出门。

街上人来人往，才知道年味很浓了。我们进了一家鞋店，小鸥帮我选式样，看鞋底是否柔软，她选了一双休闲款的让我试穿，挺合脚的。

"爸，再买一双替换。"小鸥随即又拿来一双皮鞋，穿着走了一圈蛮舒适。她付了鞋款，又非要去给妈妈买棉袄。在一家衣服店，妻子拿起一件老年款式衣服看了看，说想给奶奶买件衣服。衣服选好后，小鸥买了单。出了店，她们婆媳挽着手臂边走边逛，亲密无间的样子引得不少路人回头。

不知不觉已近下午四点，儿子、儿媳对我说："爸，我们现在去乡下爷爷奶奶家。"

"不是初一上午回去吗?"我问他们。

"中午团完年了，爸爸有陪爷爷奶奶过年的习惯，我们依旧遵从您以前的习惯不变。"听了这话，一种感动涌上心头，这个年味好甜。

(原载 2023 年 1 月 30 日潇湘原创之家)

第一次独自驾车

2月19日是我人生第一次单独驾车上路，这对于别人来说也许不值一提，于我而言却是一种挑战。

我虽然拿了驾驶证，但对开车兴趣不大，所学的开车技术如今已经忘得差不多了。年前我去了长沙，儿子费了不少口舌劝我重新学车。他的好心让我不忍拒绝，加上被他说得心动了，于是跟随他出门练车。

儿子对我说："不要否定自己的能力，干什么都要有信心，要相信自己能干好。"他选好场地，告诉我一些基本要领后，我启动了车辆，手握方向盘眼睛都不敢眨，全神贯注。

转了几圈之后，我开始练习倒车入库，没有一次能完成好。最后一次练习入库时，因后方有一个台阶，导致车自动停下了。我猛踩了一脚油门，结果听到"砰"的一声响，车撞到了后面的树干。车身碰出了一个凹陷，我顿时兴趣全无。儿子连忙安慰："没事，刚刚上车不熟悉性能，人没事就好。"

我本来对开车兴趣不高，加之又出了状况，儿子知道我心有余悸，只得作罢。

春节来临，儿子、儿媳放假回来了，又反复跟我说着开车的好处，既方便下乡看看爷爷奶奶，又方便去长沙……确实，没有车有很多不便，像我老家到镇上这段路没通公交车，每次回老家就只能坐镇上的出租车。

在儿子、儿媳的劝说下，我再次坚定信心。我在儿子的陪同下练习了几天，逐渐熟悉了车辆的性能。我依然胆小，不敢单独在主街道行驶。儿子知道我一件事放久了就容易放弃，他让我趁热打铁，请一个私教陪练几天，应对不同情况。他还说二月底将车送回来，让我加快练习节奏。

我听从儿子建议，通过朋友联系了驾校的刘教练。刘教练为人热情，对我说学车只要胆大心细，没有学不会的人。在刘教练的陪同下，我利用双休日先后驾车去了三封、插旗、操军、石首四条主要公路，熟悉了路况，掌握了一些实际操作中的应变事项。

刚开始，身边虽有教练陪同，但我过于紧张，每一次下车时都会感觉喉干舌苦、看东西吃力，多次经过桥东、桥西车辆多的主街道和纵横交错的巷子后我感觉好了很多。

2月17日下午，儿子获知我学车进度较快，当晚就将车送回来了。次日早上，他又将车送去保养，更换了机油、加了玻璃水、给轮胎加气……他叮嘱我，先在城区开熟悉，有了车感再下乡，五月份回来带我上高速。

2月19日早上，我独自将车开往局机关。我启动了车辆，先倒车再右打方向盘，车身正后驶上小区的道路。直行到十字路口时车流量较大，我将车头开出人行道护栏一点点，观察左侧驶来的车辆，稍有空隙，踩了点油门，右打方向灯驶入主道。正常行驶中还不时观察两侧后视镜，了解前后的车况。

到了下一个十字路口，红灯。我踩刹车，挂N挡，绿灯亮，挂D挡，轻踏油门，打左转向，驶入左侧车道，方便下一个路口转弯。

不一会儿，行驶到了妇幼保健院前的十字路口，我将车头稍微露出护栏，观察右侧来车，待一辆车驶过后，加油、打方向盘驶入主路，顺利到达机关院内。

然后，我开始练习倒车入库，寻找点位，后视镜对角，方向打满开始倒入。入库角度稍微有点偏离，将车前开，修正、倒车，入库时两侧距离刚刚好。

路虽远行则将至，事虽难做则必成。经过这段时间练车，让我提升了勇气与胆识，感受了儿子、儿媳对我的关心与体贴，体会到了家风的传承。

（原载 2023 年 3 月 28 日《华容教育》）

一次家庭教育培训

　　能参加一些培训拓展思维、开阔视野，是我一直向往的事情。最终期盼变成现实，我参加了湖南省教育厅关工委主办的家庭教育培训。

　　两天的培训，我学到了实用的知识，点点滴滴中也感受到了培训团队的温暖。

　　培训前夕，我接到一个电话："秘书长，我是一师负责会议接待的易平，您还没有加入培训群，请添加一下。"声音温婉，很有亲和力。

　　我连忙回复："谢谢易教授。"

　　"莫喊教授，喊我易老师就行了。"身居高等学府，低调、内敛，华而不扬。

　　我对她说："你平易近人，与你的名字易平名副其实，也是最真实的写照。"

　　"您的满意，是对我们最大的肯定。"她呵呵一笑。

　　因我不善社交，与女性交往更感拘束。所以报到时我认识她，她一直不认识我，直到临别我才给她发了一条信息，感谢她的辛勤付出。

　　她大大方方回应："遗憾太忙，没能和您合照。"

　　我毕业于"农业大学"，曾在广袤的田野里种水稻、棉花、苎麻等农作物，很仰慕高等学府的老师。他们学历高、地位高，聚集很多羡慕的眼光。真正接触过后才发现他们热情洋溢，交往起来如同兄弟姊妹，我对高校教师的看法由此改观。

13日，我如期赶到培训的宾馆报到。负责接待的老师热情登记、指引入住。一切安排得妥妥当当，让人宾至如归。

入住宾馆打开会议资料，细致到餐票、会议程序、讲授内容、参会人员、专家介绍，翔实的资料全部装订成册。事前工作的细致、规范让人产生一种敬意。

14日第一堂课，根据课程安排是《认真组织主题征文，展现三湘学子应有风貌》，由湖南教育报刊社原总编辑、中国教育报湖南记者站原站长刘际雄主讲。

讲台上的刘总编着装质朴，一件衬衣外套夹克衫，说话语气平和，笑容满面。虽然从事总编工作多年，阅历丰富、见多识广，他却不以此自傲，时刻流露出高深的素养与低调的品性。80分钟的课，我记录了三页。这些都是刘总编几十年工作的精髓与心血的积累。

他用实例直言不讳分析征文中有的文章"假大空"，同样用实例指出不同文章的精彩，两相对比令人豁然开朗。如何写文章、要领在哪、怎么入手、题材如何选择、修辞运用——道来，像一个家长引导幼儿学走路。

列举的好文章《彭家井里两盏灯》，我们都感觉题目平平无奇，刘总编却写出了感人至深的文章。一个鞋跟脱落的小事情，让他想到了生命中三个不能忘怀的人：修鞋匠、理发师、妻子。

引入的角度很小，回忆的事情让人难以忘怀。写作手法有事例、有描写、有感悟、有感恩。文章让人身临其境，感受到了真情、恩情与时代的变化，也让我们知道文章如何选角度、怎样表达情感。

我是一个很少主动，习惯在幕后工作的人。听了刘总编的课，我动力无穷，休息的时候我走向了他。"刘总编您好！听了您的课受益匪浅，您列举的两个实例分析简单明了，让我知道怎么写好文章了。"我扶着刘总编的肩膀说道。

"互相学习。"刘总编十分谦逊。

"我很敬仰您，想和您合张影，不知是否冒犯。"我有点胆怯。

"好啊，好啊。"刘总编的爽快让我有点意外。

拍完照片，因为刘总编的亲和，我竟然话多起来了。"刘总编，我想出本书，正在审稿中，到时想请您作序。"我向他请求。

"这是好事，你发给我学习。"刘总编对我鼓励。

在我的记忆中，我曾在《湖南教育报》发过一篇简讯，培训结束后我回到家里翻箱倒柜查找剪辑本。发现我在 1996 年 7 月 5 日的《湖南教育报》二版发了一篇消息。我想当时也是不容易，能上省刊对我激励很大，让我将这种兴趣爱好坚持到现在。

第二堂课是湖南家庭教育博物馆馆长杨智钧老师主讲，他讲授家教、家风。50 岁的他很精干，能说会道又幽默。

"前面刘总编讲得太好，我后面压力很大，没了底气，呵呵。"他的自嘲顿时带活现场氛围。

杨馆长从"家"的四种字形、字义入手，解读家庭教育的概念。从家庭教育失衡带来的负面影响，阐明家庭教育的四种境界：欲求、求智、道德、审美。

湖南省政府参事室特约研究员、省关工委副主任张志初先生讲授《新时代关工委工作的根本遵循和行动纲领》。

张老是有过军旅生涯的人，当过军政首长、市委常委、省委宣传部副部长，出国访问过，上过湖南、安徽等电视台录制节目。他既有军人的风采，又有文人的气场。

他阐述了湖湘文化的内容与精髓，挖掘了本土红色教育资源，让我们感受到了湖湘文化心忧天下、百折不挠的高贵品质与担当。

教育部师德师风建设专家、宜章县教师进修学校副校长谭兰霞为我们主讲了《家庭教育培训课程研发"五有"策略》。

谭兰霞是一个热心公益的人，加她的微信咨询有问必答。她每天都在朋友圈传授家教经验，至今天已经推送了 1206 天。

我们还听了湖南第一师范学院现代教育发展学院学历教育办公室主任徐卫良、麓谷小学校长罗湘君的关于家庭教育方法指导、家长学校品牌建设的讲座。两位专家结合案例、实践给了我们很好的启迪。

两天的培训，专家们简明的理论结合实际案例、精心制作的 PPT 和与学员的互动，接地气又通俗，让人轻松而学，学而有成。

（原载 2023 年 4 月 18 日潇湘原创之家）

一面之交成师徒

吴玲

我的师傅人称"海哥",初次与他见面是在教体局审理人事档案。他给我的印象是个头不高,神情严肃,一双犀利的眼睛能洞悉人的心扉。没想到因为这次工作的交往,后来我们竟然成了师徒关系。

2021年12月,我们治河中学一行三人前往教体局进行人事档案专项审理。海哥看到我们到来,当即把我们引入档案室:"你们的具体任务是……"他说话做事雷厉风行。我不知道他工作有多辛苦,但从他布满血丝的眼睛里可以看出这项工作并不轻松。即使这样,他除了少言,依然很热情。

海哥宣讲了档案资料的机密性,接着让我拷贝资料,叮嘱工作完成后资料必须全部删除。我们在海哥指导下,工作思路越发清晰,同伴之间配合默契,效率高了很多。分类、整理、装订、登记、备注、核对……一百多名教师的档案我们审理了三天。三天中,海哥也不曾停歇地监督、指导。

我发现海哥看上去大大咧咧,其实心思十分缜密。他话语不多,与人交流或不经意的观察会发现别人的优点,我工作的调动与他的欣赏息息相关。审理档案工作结束后,我们没有了联系,他甚至叫不出我的名字。后来听说海哥从事档案工作12年,视力、身体不如以前,他提出了调整岗位的请求。局党委很重视,决定招聘一名新的档案管理人员。当时领导担心是否有人报考，海哥对审理档案的人员都有印象。他拿出治河中学工作签到表一一查对，试着猜出我的名字与我联系，让我参加档案管理员招聘考试。事情很突然，我没有一点心理准备。同事、同学都不让我报考单调枯燥的档案工作岗位。我被海哥的热情感动，毅然参加了考试，通过笔试、面试，我如愿以偿。

海哥受领导所托，同意带我一年熟悉业务，由此结下了师徒情谊。这次见面，他说了一句："我记得你，适合从事档案工作。"从海哥的表情看，他应该很欣赏我接替他的岗位。"知道你要来，我已经提前把办公室整理好了……"海哥一边与我交流一边给我倒茶，说罢，他又领着我与领导们一一见面。干净的办公室，整齐摆放的资料，看得出海哥对我的重视与体贴。

我所见过的平民英雄，海哥当数其中一个。他高考落榜后，顶着生活和工作的压力，坚持自学考试，并向报社投稿。整整七年，无论是在田间地头，还是工地，都没有停止写作。据闻，他深夜欲睡之时，若偶得灵感，一跃而起写作。他将所写的新闻和散文结集成册，出版了《新闻拾萃》《流淌的时光》《沿着河流向前走》。他用行动告诉我执着成就梦想。

我原本是一个利用零碎时间写点文章的人，与海哥相处后，潜移默化爱上了写作。有什么思考，参加了什么活动，我都会撰写成文章。在海哥的影响下，我方向更加明确，内心更加安定，知道了什么才是自己想要的。因为写作的沉淀，让我的人生变得淡定、充实。不到一年的时间，我加入了县作协。机关同事赞叹："文雅师傅带出文雅的徒弟，遇到这样的师傅真是幸福。"

（2023 年 6 月 8 日）

一种家风的赓续

《论语·里仁》里有一句话："父母在不远游，游必有方"。故而我参加工作 20 多年，节假日大多都是回老家陪伴父母，尽好自己的孝道，我不想有"子欲养亲不待"的酸楚。在父母有生之年，回报他们的恩德，赓续一种良好的家风。

父亲是一个受过很多磨难的人，他 18 岁的时候我的爷爷就去世了，从此父亲成了奶奶和三个弟妹的顶梁柱。他变得果敢、坚毅，用自己的肩膀扛起了家庭的重担。生活不易，父亲勤劳节俭，宁愿自己辛苦，也要让一家人过得舒适一点。

我的叔叔、姑姑都是在父亲的操持下成家立业，即便另立门户，父亲依然放心不下他们，经常要去他们家里看看。我的记忆中，父亲帮助他弟妹的事情不胜枚举。大叔成家后，在一个 20 多里外的砖厂当推土车司机，父亲为了让他多一点时间休息、少操心家里的事，不仅主动帮助干农活，甚至每天早上还会到河里给婶婶挑满一天的用水。我们看在心里，也很心疼父亲，劝父亲不要这样累，可父亲依然我行我素去尽一个兄长的责任。

有一次天刚亮，我看着父亲拿着扁担、柴刀出了门。直到天黑父亲还没有回来，我们一家人十分着急，不知道他干什么去了。后来姑姑告诉我们：父亲为了给她家做晒垫，去洞庭湖砍了一天的芦秆。现在两个叔叔经济条件都不错，跟随子女们去了长沙、广州生活。他们老家的房子父亲总要去开窗通风，晒一下被子、衣服。姑姑去广州带外孙，姑父身体欠佳一个人在家。父亲不放心，隔三岔五要去看一下，可有次被狗咬了，治疗半个月才痊愈。父亲就是这样一个对自己考虑很少、心里却一直装着自己的亲人的人。

父亲晚年依然保持劳动与学习的习惯，他从来不要我们子女给的钱物，只要我们努力、团结、平安就很满足了。父亲特别喜欢阅读报刊书籍，我每次回家给他带的礼物都是报纸杂志。前段时间与父亲交流时，发现他对《中华人民共和国民法典》感兴趣。我说："我买一本给您看。""有就看一下，没有也没事。"父亲回答着我。这是我记事以来，父亲唯一的一次默许，而且只是一本书。根据父亲读书的事迹，我写了一篇《父亲唯一的默许》发表在《科教新报》上。

受父亲日常行为的影响，我们三兄妹亦是互相关心、互相体贴，都十分孝顺。父母年事高了，偶尔有个小病要治疗，我担心弟弟和妹妹知道会着急，一般会瞒着他们将父母安排好。事后弟弟妹妹知道了，他们生气地对我说："父母又不是你一个人的，我们都有责任与义务。"一点医疗费，非得三兄妹分担才能平息。妹妹远嫁贵州做一点小生意，收入不高。我们多次劝她保重自己就好，其他事由两个哥哥负责。她不仅经常与父母电话联系，了解身体、生活情况，还会从网上采购食品给父母。弟弟在长沙务工，只要有轮休，必定不辞辛苦回来陪伴老人，帮助父母干些农活。

我是三兄妹中的老大，受父亲潜移默化的影响，我也尽自己的能力与担当去帮助弟妹。弟弟、弟媳在外务工，为了侄儿有一个好的学习环境，让他感受到家庭的温暖，我将侄儿接到了县城读书。从初中到高中我带了6年，后来侄儿考上了理想的大学。我又考虑带妹妹的小孩6年，尽一个哥哥的能力去帮她减轻一点负担。学校已经安排好，妹妹怕增加我的负担，放弃了。我只是像父亲一样，尽自己一个兄长的责任与义务。

父亲独立、坚毅的性格对我影响很大，高考落榜后我坚持自学与写作。我用了 7 年的时间，获得了湘潭大学法律专业本科文凭，后又出版了《新闻拾萃》《流淌的时光》《沿着河流向前走》三本集子。不仅实现了我自己的梦想，而且改变了一家人的命运。

我的儿子受大家庭的熏陶，他豁达、善良、热情、自强，不管是读书还是就业，从来不寻求我的帮助，他的正能量让我感到格外欣慰。后来以他成长的事例我写了一封《儿子，是你让老爸变得乐观》的家书在省文明网刊发，很多同事、朋友留言对儿子给予肯定。儿子做什么事情都有自己的主见，购车、购房从不要父母支持。我曾问儿子："你为什么这样独立？"儿子说："是爸爸当年自考的精神激励着我，我才有了拼搏的勇气。"

儿子不仅能力强，而且品德很好。从大学到现在他一直坚持做公益，帮助需要帮助的人。他孝顺爷爷奶奶，给他们买智能手机，教奶奶玩微信，平时打电话问候。他对堂弟也很关心，高考之前带他参观大学校园，考上大学后给他报羽毛球班，让他有一技之长，更好地与同学相处，还经常去学校看他，带他去选购电脑。

儿女婚姻大事是很多父母操心的事，我的儿子自由恋爱，婚礼也是自己一手策划。他说自己的事自己做，父母身体健康就是对他最大的帮助。儿子成长的过程中，我也是收获满满，根据他的事迹，我写了不少的文章发表，部分获奖，如《我让儿子学独立》获岳阳市家庭教育征文一等奖，《父子同行，共同成长》入选湖南省教育厅关工委编印的《百家话家教——优良家教家风传承案例选编》一书。

我们是一个很普通的家庭，因勤劳、节俭、孝道家风的赓续，我们的大家庭和谐友爱、其乐融融。我为自己能成为这个大家庭的一员深感幸运、幸福。

（2023 年 7 月 12 日入选岳阳市纪委"忆初心、感党恩、颂清廉"廉洁文艺作品展）

老婆陪我逛小镇

周日醒来，老婆不见踪影，我猜必定是侍弄她的菜地去了。临近中午，觉得她忙碌了一上午比较辛苦，于是我开车去接她。正好遇上同事文友两口子在菜地，闲聊中我问他是否去过桃源小镇，有时间去一睹其芳容。

没想到文友两口子是那种雷厉风行、说走就走的爽快人，立马答应下午去逛逛。其实我还有一个目的，那就是写游记。我去过的地方太少，几篇游记还是工会、党建活动去过的几个地方，自己单独与家人外出旅游的机会极少。

老婆是个特别勤俭的人，不说旅游要花费，就是平时给她买稍好一点点的化妆品，她都会去退换。生日给她一束花，她责怪可以买好多洗衣粉。时间久了，有关女人的节日我也不敢随意做主了。加之她膝盖受过伤，登山或行走远一点就会感到吃力，所以两口子出门旅游对我来说是奢望。

去桃源小镇我唠叨了几次，老婆只是轻描淡写说了句："蛮想去？""只要你愿意，哪里都想去。"我回答她。我知道她的性格，她不喜欢的事不能强求，否则会不欢而散。"我又不能爬山。"她轻言细语地说，少见的温婉。我连忙说："都是平地，不用爬山。"其实我自己也没去过，做通思想工作是关键。她同意了。她一个小小的转变，对我来说是莫大的成功。哪怕每次去长沙儿子家，想邀请她一起外出逛逛，她总是以料理家务为由，怂恿我独自外出。即便这样，我总感觉少了什么，兴趣也不高。

原计划自己开车，考虑到车技不咋样，路线不熟悉，临时决定和文友两口子拼车。老婆对我说："坐人家的车总要买点吃的。"我是个大大咧咧的人，并没有在意这些细节。我说："都是几个大人，又没小孩，很快就回来了。"她便跟随我出门了。

半小时车程到了桃源小镇，从流动的人群、停放的车辆来看，这里人气挺旺。我们进入园内举目远眺，只见山丘高低起伏，桃花璀璨，顿感心旷神怡。文友两口子倚着桃花一会儿单照，一会儿合照，牵着手摆着各种姿势，夫妻恩爱的身姿留存在了画卷中。沿着左侧小道前行，两旁桃花夺人眼球。细看才知美丽绝伦的一棵棵桃树，是经人工巧手制成。

我让老婆倚花而站，给她拍照。她平时不喜欢拍照，我们两个人的合影除了结婚证、准生证，再难有其他。两个人性格古板、表情严肃，拍出来的照片横看竖看都没有美感，所以到景点我们索性只拍景物不拍人。

这次拍照老婆没有推辞，按我指定的地方站好，我选择角度按下了快门键。照片很自然，她的微笑发自内心。照片发到家里微信群，儿子大呼："哇，大美女呀！"不管怎么说，她微小的主动也是进步，只要循序渐进，必定气象万千。文友两口子甚是热情："帮你们拍个合影。"老婆没有拒绝，顺从地站在我身旁。"靠近一点，把手搭在老婆肩上。"我们听从文友的爱人蔡老师的调度。老婆十分配合，向我靠近了一点。蔡老师一个"OK"的手势，定格了一张美好的照片，这也是来桃源小镇的一大收获。

边走边逛，发现桃花源小镇地理位置优越，北枕长江，东望洞庭。从功能区设置看，是一个集旅游度假、特色美食、研学教育、亲子乐园于一体的特色文旅综合体。小镇围绕山、水、人、文、林的主题，充分利用生态园、湿地公园等旅游资源，规划为一峰三里二十四景。其中最美的是花海景观，根据地形的高低起伏，种植不同的花卉，形成了漂亮的花海，让人流连忘返。

半天行程，欣赏的是美景，愉悦的是人思想的转变。景可以让人赏心悦目，思想可以催人奋进。一个人受学识、阅历、社交等诸多因素的局限故步自封并不可怕，重要的是懂得反思、提升，让自己胸怀宽广、视野开阔、与时俱进。只要在向好的路上前行，慢一点又何妨。

（原载 2023 年 5 月 7 日《岳阳日报》）

步入洋沙湖

5月13日，一个气温适宜、心情灿烂的日子，我们应邀来到湘阴县洋沙湖国际旅游度假区，见证首家家庭教育博物馆开馆，并参加省教育学会与省教育厅关工委联合举办的家庭教育培训。

我是第一次来洋沙湖，虽耳闻其名，但不曾相识，此次终于可以揭开它神秘的面纱。进入停车场环视，四周树木葱绿。偌大的停车场没有人指挥，车辆整齐停放。地上干净得没有一张纸屑、一个烟头，不禁赞叹细致的管理与游客的素养。

"这里的规划很人性化。"在停车场出口，关工委刘主任指着设计美观的洗手间告诉我。确实，很多地方不太注重这个事情，而他们想游客所想，实在是太温馨了，首次步入洋沙湖便有了别样的亲切。

进入宾馆前经过一条大道，这条路很宽敞，全部沥青黑化，来往车道标注很清晰。两旁栽植的青葱树木，让宽敞的道路显出了勃勃生机。每隔不远的距离便摆放了新颖别致的垃圾桶，既卫生又美观。期间，不时有穿着黄马甲的卫生人员清扫，度假区始终保持干净卫生，让人感觉很舒适。

我们在办理入住时显示着不同的楼栋，我心中有一点疑惑，感觉与别的宾馆不一样。接驳车将我们送到住宿就餐的地方，看到的是一栋栋独立的房子，不像其他宾馆多为集中在一起的高层楼房。

首先映入眼帘的是第 1 栋,我带着好奇进入小院观看,是一个四合院。院内有人工堆砌而成的山,潺潺流水形成小瀑,青藤沿墙而上,满目青翠,微风吹拂,沁人心脾。

返回主街道,寻找自己入住的第 7 栋,才知道每一栋设计都不一样,有的临街,有的临湖,有的古色古香,有的翘角飞檐,有的斗拱交错,有的镂空雕花、玲珑精致……查看资料,这是一座以保护生态环境为基础、休闲度假为主体,涵盖水主题公园、湿地公园、合院式滨湖度假小镇、奥地利风情小镇、国际滨湖度假酒店、运动俱乐部、大型影视会展中心、风情度假屋、度假公寓等项目的度假休闲社区。

我们所住的渔窑小镇,既是洋沙湖旅游集散中心,也是旅游景区文化核心。小镇以明清合院风格群落建筑为载体,构建四广场四十三院落。走进渔窑小镇,便是一场穿越之旅,这里有督军府,一楼和二楼均是军事办公室,如情报司、人事司、财务司等。按照古代县衙的构造和陈设,一比一还原建造的渔窑府署,更是罕见地复建了刑房和牢房。渔情楼既是会友品茶、听曲赏戏、打尖住店之地,同时也是江湖人士交换情报的重要场所,楼上设有的"绣花鞋"和"玄天兵鉴"两大主题密室,让你体会行走江湖的紧张与刺激。

文化传承上,以渔窑文化博物馆为核心,同时复原了三义和镖局、楚云院、牛记粮油铺、济云堂药铺、锦昌隆记钱庄、白鹭酒庄、船坊博物馆、明澄布庄等为代表的八大历史商业场景。

晚上流连纵横交错的小巷,多种灯光配上形象各异的装饰,增添了夜幕下的神秘。广场冰花摊上三五朋友围一桌叙事、聊天,或拿起话筒高歌一曲。边走边逛,琳琅满目的烧烤、卤菜、麻辣烫等各种小吃诱发了食欲。我是路痴,行走在迷宫一样的巷道中找不到自己要住宿的地方,幸得有同事相随指引,不然会闹笑话。

　　来洋沙湖想赏四季之花，可去五彩花田。它以生态、自然的设计理念，营造大地自然花海景观、生态花卉精品景观等花文化特色环境，芳香四溢、沁人心脾。

　　洋沙湖欢乐水世界设施先进、极具体验感，包含童话、太空、海洋、森林四个系列主题、几十种水上娱乐活动，集游乐、休闲、美食、购物、文化、演艺于一体。如果想俯瞰万亩洋沙绝美风光，洋沙湖有飞行营地，在专业飞行技师的带领下，可乘坐三角翼翱翔。

　　沿优美湖岸行走，环湖自行车俱乐部、水上运动中心等数十种健身项目，引领时尚健身风潮。晚上临水而卧，悠然面对湖面、果岭、花田、湿地、白鹭，闲情雅致徒然上心。

（2023 年 6 月 1 日）

夜观茅台镇

去贵州的路上顺风车司机告诉我，茅台镇有一条街全是酒庄，哪怕每一个酒庄抿一小口，一条街下来会让人喝醉，特别是夜景迷人，值得一看。他的话勾起我的好奇心，酒的产业规模如此之大未曾见过，于是决定去趟茅台镇亲自体验一番。

7月3日下午，我们从金沙县一小镇出发，驱车一个多小时从仁怀北下高速进入仁怀市区。首次来仁怀，对地理方位不太清楚，看街道房子与街道设施，这里应该是旧城区。我们来的时候，贵州的司机告知，茅台镇只有酒品尝没饭店，我们听从建议选择了在市区就餐。后来进入茅台镇才发现并非如此，还是有不少饭店宾馆。

趁饭店备餐的空隙我出门溜达，发现街道两侧门店以酒庄为主，恰好饭店旁有我熟悉的酒名，走进店内一位美女立马起身相迎："您是来旅游的？先品尝一下我们的酒。"大厅装饰高雅，有数个大酒缸，墙上立柜里有各式包装的瓶装酒，展台上摆放了标注1至9号不同价格的酒。我坐定，美女立马拿出一个精致的小玻璃杯倒了1号瓶的酒。我轻轻地端起杯子闻了闻酒香，紧接着抿了一小口，纯粮食酒的口感，有浓郁的香味。"度数有点高。"我实事求是对美女说。美女拿来矿泉水让我漱口，从细微的举动可以看她注重酒的品质，怕影响口感。她换杯倒上2号瓶的酒，我又尝了一小口，脸上有点发热。美女看我的表情，索性免了品尝3至8号瓶的程序，倒上9号瓶的酒，笑盈盈地说："这是我们最好的酒。"再品一小口，依然感觉度数高。美女没法了，依然笑容满面，可见其日常养成的素养。我只不过是不适应喝度数高的酒，品尝的酒没有后劲，也没有口渴之感，挺好的酒。

吃过晚餐，继续驱车前往茅台镇。茅台镇地处赤水河畔，是川黔水陆交通的咽喉要地。古有"川盐走贵州，秦商聚茅台"的写照。茅台镇是中国酱香酒圣地，域内白酒业兴盛，被誉为"中国第一酒镇"。进入茅台镇瞬间酒香扑鼻而来，我们首先经过的是茅台酒厂址，巍峨的大门彰显出名酒的气势，峭壁上装饰的酒文化诗句让人看出名酒的深厚的内涵。我很想停留下来观察厂区，因车流量大只能作罢。

司机熟悉路线，迂回穿插把我们带到了酒都大道。酒都名不虚传，这条街长度不少于3公里，酒庄鳞次栉比，装修各异，色彩温馨，各种名号的大酒缸与各色包装琳琅满目。"欢迎品鉴"四个字不时映入眼帘，这既是好客之道也是经营之策。因为有了白天"品鉴"的实践，晚上我便放弃了品酒这一项目。

车在赤水河畔的停车场驻车，我们沿河堤而行开始夜观茅台镇。首先看到的是红军四渡赤水第三次渡河的纪念塔，当时红军用茅台酒解乏疗伤，再出奇兵。年少时教科书中神往的地方，现我正置身于此，怎不令人激动。面对赤水河，当年激烈战斗的画面浮现在眼前，一种对先辈的敬仰油然而生，久久不能平静。

继续沿赤水河畔大路前行，举目对岸灯火阑珊，顺山势而建的民居层层叠叠，错落有致。建筑上的彩灯多种色彩交相辉映，璀璨夺目。整个古镇流光溢彩，夜色旖旎，令人心旷神怡。此时，读小学二年级的外甥一句话逗笑了所有人，他说："盼星星，盼月亮，终于来到了茅台镇，太漂亮了。"

走过绚丽的铁索桥来到 1915 广场，一个巨大的金黄色瓶形实物建筑展现在眼前，它用钢骨水泥铸造，外形与茅台酒瓶相同，被上海大世界吉尼斯总部评为"最大的实物广告"，被誉为"天下第一瓶"。这里是为纪念茅台酒在巴拿马万国博览会上斩获金奖而建，如今已成为茅台镇的标志性建筑。

茅台酒有"一摔成名"的故事。1915 年，茅台酒被邀请出席万博会的国际品酒会，在众多知名参展产品中，包装朴素、默默无闻的茅台酒遭受冷遇。酒香也怕巷子深，着急的代表团心生一计，假装失手将酒瓶摔在地上，瞬间酒香弥散，人们顺着酒香蜂拥而至，茅台酒"一摔成名"，斩获巴拿马万国博览会金奖，从此享誉国内外。

时光飞逝，边走边逛，不知不觉到了晚上九点。行走在中国酒都，欣赏着金碧辉煌的夜景，闻着浓浓的酒香，听着赤水河的流水潺潺，置身美妙绝伦的画景中，让人流连忘返，思绪翩翩。

（原载 2023 年 7 月 16 日潇湘原创之家）

292

宜昌之行

心有宜昌，是因有闻名遐迩的"两坝一峡"，心驰神往但一直没有了却心愿。近日，在好友盛情邀请之下，我终于梦想成真。

第一天清晨，我们驱车来到了第一站坛子岭。这是三峡坝区最早开放的景区，因其顶端观景台形似一个倒扣的坛子而得名。该景区所在地为大坝建设勘测点，是观赏三峡工程全景最佳的位置。

景点山崖陡峭，为方便游客登山，特意设置了扶梯。我们顺着扶梯来到山顶，这里早已经是人山人海，摩肩接踵。观察发现，旅游的人群中老人居多。他们有的在欣赏四周的景观，有的在喜笑颜开地拍照，有的在津津乐道工程的壮观与修建的不易。

极目远眺，左侧是雄伟壮丽的长江三峡大坝，右侧是壁立千仞的"长江第四峡"双向五级船闸。山顶环境优美，树木青葱，喷泉壮观，仿如进到了美丽的山水仙境，顿感心旷神怡。

稍作欣赏，我们便下山沿江边小径而行。小径左侧，数块橱窗一字摆开，对三峡建设、用途一一作了介绍，让人瞬间对三峡大坝的历史有了更详尽的了解。我知道了三峡始建于 1994 年 5 月，2006年 5 月全线修建成功，全长约 2335 米，坝顶高程 185 米，工程总投资为 954.6 亿人民币。

边观赏江景，边思考着当年工程决策者的魄力与建设者的辛劳，不知不觉便行至 185 观景平台。185 观景点因与三峡坝顶齐高，同为海拔 185 米而得名。大坝实行军事管制，站在平台上就如同身临坝顶，可以看到大坝的雄姿与气势。

短暂停留后，我们相继又乘坐观光车来到截流纪念园。此园背倚青山，面朝大坝，在观赏三峡自然风光的同时，可以领略到巍巍大坝的雄伟壮阔及大坝泄洪时的荡气回肠。路经园内停放的工程车，轮胎直径就达两米高，这样巨型的工程车我是首次见到，可以想象到它在大坝施工期间的威猛与高效。

已近中午，我们离开截流纪念园，乘坐公交车前往三斗坪就餐。虽然车辆有序发车，但人潮如涌，一拨刚走，一拨接踵而至，估计仅这一个景点的游客就达上万人。可见三峡大坝影响力之大，它吸引着全国各地的游客千里迢迢来观赏。旅游的兴旺必定会给当地交通、住宿、餐饮、零售、就业等一系列的产业发展助力，这也是宜昌能很快由小城市发展为中等城市的一个重要原因。

下午 2 点，我们由长江三斗坪码头乘坐 10 号游轮前往宜昌港，体验游轮过葛洲坝船闸。上得船来，一层已经是座无虚席，只得一层层往上走。

原以为只是每一层摆满椅子为游客提供需求，没想到游轮如陆地建筑的楼房，不仅装修豪华，而且还根据游客的观赏要求，设置了不同的服务标准。二层设有卡座，三层设有包厢，四层设有观景平台。我们选择了三层的船头，这里视野很宽广，一切景观尽收眼底。

游轮启动，首经西陵峡，它是三峡中最长的峡谷，素以滩多水急而著称。后因修建三峡大坝，水位提升而变得宽阔平稳。

进入峡谷，我们便感受到了长江的烟波浩渺，水绿绿的，很清澈，有一种沁人心脾之感。两岸群山峭壁，临江对峙，形象各异。有的像兄弟相互扶持，有的像美女出浴，有的形似挂毯，有的又如彩墙，有的更像一幅山水壁画……

这些美丽的景观，把整个峡谷装饰得千姿万态，让人心情豁然开朗，豪情满怀，不禁诗兴大发，吟唱起李白的诗句："朝辞白帝彩云间，千里江陵一日还。两岸猿声啼不住，轻舟已过万重山。"

约一小时四十分的航程，游船到达被誉为"万里长江第一坝"的葛洲坝。游轮缓缓驶入3号船闸中，站在船头观望，只见上游闸门徐徐关闭。片刻后游轮开始缓慢下降，闸道边露出了第一块石板，接着看到了第二块、第三块……游轮停止下降后，我发现船与上游水面落差有了近20米。待船闸中水面与下游水面持平后，游轮驶出了葛洲坝船闸。

我正在感叹人类的聪慧与工程宏伟时，朋友告诉我游轮过葛洲坝的原理。我们从上游到下游时，先将上游船闸下部打开一个口子，让水进入闸室。因为闸室和上游水面连通，因此最后可以让闸室水面与上游水面相持平。到持平后，上游闸门全开，船进入，然后关闭上游闸门。关闭后，将下游闸门下部开一部分，让水泻出，直到闸室内水面与下游水面持平，然后下游闸室全开，船开出去。如果从下游到上游时，则反之。

过了葛洲坝，游轮继续航行。环顾四周，时而大山当前，时而峰回路转，有一种"山重水复疑无路，柳暗花明又一村"之感。船过大溪，经过了一段比较平缓的宽谷地带，便进入了如诗如画、风韵秀美的巫峡。面对如此景观，我体会到了毛泽东写作"更立西江石壁，截断巫山云雨，高峡出平湖。神女应无恙，当惊世界殊"的诗篇意境。

巫峡有"大峡"之称，它以幽深秀丽闻名于天下。两岸青山不断，群峰如屏，船行峡中，别有洞天，宛如一条迂回曲折的画廊。途经神女峰，见到了她的纤丽奇俏，挺拔俊秀。峰顶直刺天穹，像披上薄纱、脉脉含情的少女。她每天第一个迎来灿烂的朝霞，又最后一个送走绚丽的晚霞。在此青山绿水、丛林苍翠之中乘船游览，别有一番诗情画意。

一天下来，意犹未尽，欲罢还难。次日上午，我们又参观了"三峡人家"。三峡人家风景区位于长江三峡中最为秀美壮丽的西陵峡境内。进入景区，映入眼帘的是一条绿树葱葱、溪水潺潺的溪流，犹如进了一个大氧吧。

沿着小溪往前行，石、瀑、洞、泉……多种景观元素巧妙组合。当地特色"吊脚楼"下，有人背着纤绳喊着峡江号子，碧波清溪中停着久违的古帆船、乌篷船，船上阿郎吹着笛子，阿妹甜甜地唱着山歌，似是一见倾心。依次往里，可以看到少女挥动棒槌清洗衣服，渔家撒网打鱼，土家族娶嫁仪式。在景点"巴王宫"还可以看到古巴人风情的仿古表演，感受到古老而神秘的巴楚文化……

两天的旅行，感受了大坝的雄伟壮观、大山的伟岸挺拔、水的清澈温婉，见证了西陵峡、巫峡的惊险与秀丽，体验了巴楚文化，不枉此行。

（原载 2021 年 4 月 21 日北方写作）

游桃花源

5月17日，循着《桃花源记》中武陵渔人的足迹，循着陶渊明先生的梦，我们一行数人来到了神往已久的湖南常德桃花源旅游景区，去寻找书中的那条溪、那个世外桃源。

上午11点，车停在桃花源古镇。首先看到的是一个"介"字形的巍峨大门牌坊。有近两层楼房高，飞檐翘角，雕龙刻凤，古色古香。"桃花源古镇"五个金色的大字镶嵌在牌坊正中央，更显古镇的厚重。沿着青石路前行，便是一条仿古街道，经营着小吃、餐饮、旅游产品、民宿等。街中每隔一定距离便会摆放一尊泥塑，栩栩如生，仿佛看到了古人把酒言欢的生活痕迹。

路过一擂茶店，老板娘甚是热情，招呼我们尝尝擂茶。进得店来，老板娘便麻利地将擂好的茶放入杯中，细心询问大家是要冰镇的还是冲沸的，空隙中还不忘告诉我们，到桃源必须要看实景演出，而且她也是演员，要我们晚上看演出注意，她就是装扮出嫁女儿的娘，呵呵。

说话之际我选了一杯冰镇的擂茶，挑了一勺子撒料。有黄豆、炒米、姜……至于味道，也说不上来，算是尝了一次擂茶。与老板娘交流还得知，晚上实景演出的人数有近五百人，都是当地镇上和秦河两岸的群众，每个月都有固定的收入。告别老板娘继续前行，街道上行人不多，三三两两结伴而行，时而拍照，时而交流，悠闲自得，不亦乐乎。

午饭时间，我们来到牌坊右侧的一家酒店，点了几个火锅和一些其他菜品。我虽然是个吃辣椒的人，当看到每盘菜里都有红红的辣椒时，未动筷额头上已沁出一丝汗。尝了一块鱼，感觉很辣，再尝蒜苗炒肉，依然很辣。还好，有一个蘑菇肉丸子汤是清淡的，于是喝了一小碗。这时，热心的导游易琼从她的桌上端过来一盘肉末炒酸菜，也就是我们通常说的外婆菜。尝了一下，有点酸，却爽口开胃。

她小小的举动，让游客看到了携程旅游公司员工的素养与热情周到的服务，很暖心。其实，她在我心目中就是一个"女汉子"，年龄不大，想法多。她有自己的正式工作，导游只不过是她业余的兼职。从她的朋友圈还可以看到她做成考的指导、小主持人的培训等等工作，比一般男同志还舍得打拼。

吃毕午餐短暂休息后，我们开始在导游的引导下前往参观桃花源景区。我们由北门而入，经过了卫楼、戍楼、息楼，一幅渔、樵、耕、读和军队防卫的画卷展现在眼前，让人看到了世外桃源的安宁平和。再经扶疏园，阡陌纵横，绿意盎然，炊烟袅袅，穿着古代服装的帅哥美女有的吹笛，有的耕作……展现一派恬淡、自然的田园风景。扶疏园里也有现代的拓展体验区，都是在水池中设计吊环、脚踏板……有的考验臂力，有的考验身体的协调性。有朋友跃跃欲试，由于以前没有尝试过，纷纷落入池中，引来笑声阵阵。朋友们心有不甘，反复几次后，逐渐掌握要领，亦能顺利通过。有的还准备等待子女考试结束后，一家人或几家人带孩子来拓展体能，开阔视野。田陌里有水车，一位朋友跃上后脚踏水车轮，颇感费力，于是又上去一位、两位，水便接连不断供入田中灌溉。走小道，翻山岭，不时挥汗如雨，内心却无比酣畅。

路过秀楼景点小作休息，这里有古代女儿出嫁时乘的花轿。朋友们想试试抬花轿的感觉，一名女同事进入花轿后，四名男子上肩抬轿。可轿子不是倾斜就是摇摆，而且不能前行，立时笑声一片。原来两边抬轿的人方向不一致，背道而驰。不知不觉，边走边休，近四个小时观看了数个景点，我们由南门而出。导游说带我们去艺术馆看镇宝的根雕，不看不要紧，一看真开眼。此根雕长15.88米，宽6.3米，高3米。根雕以"桃花源记"为主题，采用全景表现手法，再现了陶渊明先生笔下的秦谷，是本地70多位最精湛的木雕匠人历时数年打造的旷世文化精品，令人叹为观止。

当地人说，来桃花源不看实景演出甚是遗憾，我们既然来了就决定去看看。晚七点，我们来到秦河乘船入口，场面蔚为壮观，十余条船上坐满了游客。游船开动，习习凉风沁人心脾，可以说心旷神怡，无比惬意。船头的灯熄灭，河面上便出现一层层烟雾，如梦如幻，像进入仙境一般，演出由此拉开帷幕。

4.6公里长的秦河实景重现《桃花源记》，从"武陵渔人"张网捕鱼的劳作，到"牧童短笛"悠远的牧歌；从"洗衣对歌"的乡间生活，到"农耕画卷"的丰收景象；从"村舍夜话"的乡野趣事，到"水上婚礼"的奇特婚俗；从"私塾童趣"的玩闹，到"桃花源记"的众人合诵；从"林泉沐浴"的清纯少女，到"落英缤纷"的壮美画面。

在烟波浩渺的秦溪上，我们一个半小时探访了《桃花源记》的光影之路。据了解，秦河两岸仅实景演出的大型灯光设备就有100余台，音效设备重达5吨，实为鸿篇巨作，令人赞叹钦佩。

晚9点，我们登车返程。此行不仅看到了世外桃源的生活，也体会了《桃花源记》的创作意境，更懂得平淡、恬静的生活令人向往，让人快乐。

（原载2020年5月18日北方写作）

登天心阁

　　国庆闲来无事，便赶往长沙逛逛。妻子知道我的习惯，走过路过总要留下点文字，于是建议我去天心阁看看，说那有一座古城墙，历史厚重，必有收获。

　　说走就走，坐了几站公交车便到了天心阁大门前。放眼望去满目青翠，高耸的石碑让公园更显古朴庄重。左侧广场上传来二胡、笛子等乐器声，一位老年女性伴着音乐节奏满怀豪情地唱着《我和我的祖国》，雄壮激昂的歌声不时在园内环绕，顿时让人热血沸腾。

　　进入大门拾级而上，看到的是采用麻石打造的、宽8.5米、高5.9米的崇烈门牌楼。"气吞胡羯，勇卫山河""犯难而忘其死，所欲有甚于生"的两副对联，将英烈们的民族气节，勇于战斗、勇于献身的精神展现得淋漓尽致，让人肃然起敬。

　　高处便是崇烈亭，该亭为十六柱斗拱状，建八角歇山顶，石台阶有护栏。崇烈亭前身为午炮亭、国耻纪念亭。清末至民国初年，为统一全城时间，亭中置黄铜火炮一门，每日正午鸣炮三响以报时。1929年，为纪念济南"五三惨案"遇难同胞，拆除午炮，改建为国耻纪念亭，该亭后毁于"文夕大火"。1946年，为纪念抗日战争"长沙会战"中阵亡的将士，当时的湖南省政府在国耻纪念亭的原址建崇烈亭。

　　与崇烈亭相邻的是天心阁，建于明末，至今已有400多年历史。

初建时阁楼为一层，现有三层，碧瓦飞檐，朱梁画栋。现在的天心阁为1983年重建。古城墙长251米，高13.4米，顶面宽6.1米，楼上还有炮台、大炮，楼下有太平天国浮雕，是国务院重点文物保护单位。基址占着城区最高地势，加之坐落在30多米高的城垣之上，近有高峰为伴，远望岳麓山为屏，更显挺峭、俊美。天心阁为全城最高处，登上天心阁，长沙城全景一览无余，远望湘江，真有"极目楚天舒"的心旷神怡之感。

阁楼仿明清时期南方园林建筑风格，一层设《百年长沙图片展》，展示的是20世纪长沙百年的历史变迁。第二层有两副大型浮雕，其一是周恩来与时任国民党湖南省主席张治中亲临阁楼视察灾情的情景。其二是1930年7月，以彭德怀为首的红三军团武装攻克长沙，在中山亭胜利会师的场景。

顺着古城墙出门右转，便会看到一个偌大的警钟，被称为"文夕大火警世钟"。1938年11月武汉失陷，日军通往中国南方的门户打开，蒋介石对保卫长沙缺乏信心。在岳阳失守后，密令张治中对长沙实施"焦土抗战"，以天心阁举火为号，把好端端的长沙城化为了一座废墟，毁城面积达90%，全城平民无家可归，史称"文夕大火"。

沿城墙下石径而行，道路两旁古木参天，细看铭牌，银杏、雪松、朴树、香樟、柿树、枫杨等名贵树木都有七八十年树龄。这里还有错落有致的石林，亦是景区"历史名人石刻画廊"，它刻绘了薛岳、王耀武等33位对湖南有过突出贡献的历史名人，他们有的在湖南出生，有的在湖南为官。细看每一个人的生平简介，便会想到先烈们浴血奋战的情景，感受到现在的安居乐业和幸福生活来之不易。

不登天心阁，不知古长沙。天心阁可以看到古长沙的历史，联想到战火纷飞的年代，感受到先烈们抛头颅洒热血的英勇气概。现在的天心阁不仅是爱国主义教育基地，园内还堆砌有假山、凉亭、鱼池、喷泉，树木繁茂，花草众多，是练功、读书、游览、品茗的好去处。

正是由于先烈们的付出，才有了今天宁静的幸福生活。我们要时刻铭记历史，缅怀英雄先烈，不忘初心，尽心尽职做好本职工作。

（2020 年 10 月 20 日）

后　记

　　《沿着河流向前走》这本小集子历时四年，八易其稿，收录了80余篇文章。分人间画像、步履留芳、走过四季三个专辑，记录的都是工作、生活中的琐事与思考。

　　集子的出版得到了很多领导的关心关注，湖南省人民检察院原检察长张树海老先生不顾年事已高欣然挥毫题写书名；张家界市委副书记、市长王洪斌叮嘱创作要紧跟时代脉搏唱响主旋律；临湘市委书记王文华来信祝贺集子出版，激励增强使命感，捕捉真善美；湖南教育报刊社原总编辑、中国教育报湖南记者站原站长刘际雄热情为集子作序；岳阳市委农办主任、岳阳市农业农村局党组书记、局长黎朝晖对我坚持写作给予肯定，寄语再出新作；岳阳市文联党组副书记、副主席刘子华亲自审稿，拟定了专辑标题；华容县委常委、县委办主任胡军，县政协副主席、县工商联主席易湘禹，县委办党总支书记、常务副主任宋传兵，县委组织部副部长、县委编办主任邓琼，县委统战部副部长、县工商联党组书记刘利军，县民政局局长龚成明，县医疗保障局局长胡兆智，县行政审批服务局局长段详，县水利局局长季志刚，县委政研中心主任何德昌，县融媒体中心主任谢建兵及岳阳市经开区劳动和社会保障局局长蔡远芳等领导，对集子内容提出了修改意见并给予鼓励。

　　县教体局党委书记、局长包金跃百忙之中审阅了书稿清样和封面，题写了"笔耕不止，充盈生活，悦己、渡人，自成一体，终成大家"的赞美之词。殷殷嘱托一如既往潜心写作，为唱响华容教育传导正能量。局长室、办公室、关工委、同事、朋友、家人对集子的出版鼎力支持，在此一并致谢。因个人学识、经验不足等原因，书中难免存在疏漏之处，敬请谅解并不吝赐教。（交流邮箱：326354180@qq.com）

2023 年 5 月 8 日